U0165867

我的第一堂
實用韓語課

中國文化大學韓文系副教授 **游娟鐶** 博士 著

옷 가게에서
옷 살 때…

패스트푸드점
에서…

안녕하세요...

친구와
이야기 할 때...

五南圖書出版公司 印行

這是難得的一本好教材，由淺入深，初學韓語者如能依本書設計，先對韓語的基本文字有所認識，明辨詞意，瞭解一些不規則變化後，當可收事半功倍、朗朗上口、下筆成文之效。

好消息！好消息！游娟鐶博士又有新書問世了，這次是集其三、四十年學習與教學的經驗，把韓文中較具實用性的、基礎性的部分匯集而成，書名為「我的第一堂實用韓語課」。顧名思義，可知其專為初學者而作，是繼其第一冊「我的第一堂韓語課」，第二冊「我的第二堂韓語課」之著作後又一新的實用性教材。

游博士自中國文化大學韓文系畢業後，即赴韓國高麗大學專攻韓國文學，成績斐然。留學期間更於韓國延世大學醫學院對醫學院院長、牙醫學院院長與各資深名醫、教授們傳授中文會話課程，長達八年之久。獲得博士學位後於民國八十年返國在中國文化大學韓文系任教之後，又跨領域投入電子科技業界十餘年，業餘則應中華民國貿易教育基金會之邀，教導有志一同學習商用韓語的學員，迄今已達十年。她是位兼具理論與實務之優秀教授，其努力教學勤於寫作，表現傑出，令人敬佩。

本書內容包含韓語基本文字篇、實用韓語會話，明辨詞意、不規則詞形變化和附錄等五大部分。這是難得的一本好教材，由淺入深，初學韓語者如能依本書設計，先對韓語的基本文字有所認識，明辯詞意，瞭解一些不規則變化後，當可收事半功倍、朗朗上口、下筆成文之效。

　　余與游博士相識多年，深感其認真負責，精益求精，努力不懈的人生及教學態度，值其新書問世之際，特綴數語為之序，以表賀意。

中韓文化基金會董事長 林秋山
中華民國 105 年 5 月 於芝山岩寒舍

這本書不僅是初階入門的實用韓語教材,而且也是邁向進階學習的韓語學習書。

　　感謝五南圖書出版社給我機會出版〈我的第一堂實用韓語課〉這本書。本人從事韓語教學將近三、四十年,除了在母校培育韓語人才外,也常接受政府相關單位委託代訓人才而開設韓語訓練課程。原本是韓語科班出身,又是赴韓研讀韓國文學十餘年,返國後除了韓語教學外,也曾跨領域進入電子業界打滾了十餘年,目前回歸母校專心從事教授韓語課程工作。在韓語推廣教育上,正因為韓國語文是我的本科,我的教學著重於要完全理解韓語的結構與其背景,從學習韓語當中慢慢地去理解韓國的社會與文化。

　　當初學成歸國後,承蒙電子科技公司老闆的厚愛,同意讓我可以兼差到國防語文學校教授韓語培訓武官。後來,又因政府機關為了平衡台韓貿易逆差,鼓勵廠商相關業者學習韓語,以利台灣出口貿易的暢旺,委託台北市進出口商業同業公會與中華民國貿易教育基金會開設韓語課程,由我擔任講座。當時學員們幾乎都是完全沒有韓語基礎,因此,每次的委訓幾乎都是從無到有,自學習發音到練習開口說韓語,甚至閱讀韓文到寫作、翻譯等聽、說、讀、寫、譯全都涵蓋其中。學員們接受近 200 小時課程訓練後,可以自己繼續自修或赴韓研讀,成果豐碩,而應考韓語檢測達三、四級合格者不在少數。

多年授課的心得，印證了基礎扎根學習與不斷精進努力學習是相當地重要。這次受五南圖書出版社的邀請，再次出版我的第一堂系列韓語教材，內心非常感謝。近年來，韓流風行，學習韓語人口不斷竄升，坊間韓語教材琳瑯滿目，不可同日而語。我的韓語教材既不華麗，又不浪漫，但卻是初學者入門學習韓語最最需要理解的基礎概念全都包含其中。希望藉由本書的出版，可以讓喜好學習韓語的朋友們有個扎實的基礎，進而學習進階的韓語，可以自由自在地用所學的韓語跟韓國人打交道。

　　本書內容包含簡單地介紹韓語基礎發音結構、初階的實用韓語會話練習、明辨詞意（容易混淆的相似詞用法）以及課文內容中文法、語法的加強說明和穿插有趣的猜謎，並在附錄中提示不規則詞形的用法等等。

　　每一次新書的出版都是醞釀許久，也一再地修訂祈求能夠精進、充實，盡量做到務實而有用。然而，因為自己雜務繁忙，能力有限，匆促付梓，錯誤在所難免。懇請讀者多多見諒，並不吝指教，以便後續改進。這本書不僅是初階入門的實用韓語教材，而且也是邁向進階學習的韓語學習書。希望學習者能夠從本書中的內容獲得基本的韓語溝通與應對能力。再次感謝所有協助本書出版的工作人員，你們辛苦了。

游娟鐶 유연화 寫於華岡陋室

2016 年 5 月 15 日

如何使用本書

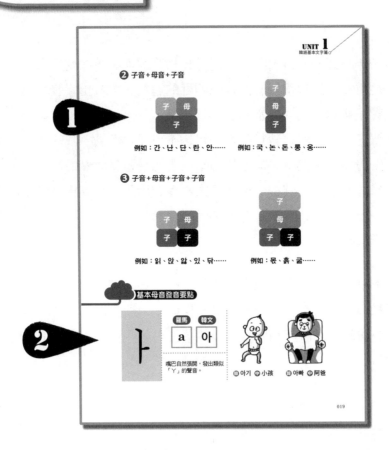

❷ 子音＋母音＋子音

例如：간、난、단、란、안……　　　例如：국、논、돈、롱、웅……

❸ 子音＋母音＋子音＋子音

例如：읽、앉、앓、있、닦……　　　例如：뭇、흙、굶……

基本母音發音要點

羅馬	韓文
a	아

ㅏ

嘴巴自然張開，發出類似「ㄚ」的聲音。

圖 아기 中 小孩　　圖 아빠 中 阿爸

019

（1. 韓語文字結構） 將韓語母音和子音的排列方式，以堆疊方塊的形式呈現，讓讀者一看就懂。

（2. 基本發音要點） 上方是羅馬拼音和韓語拼音，下方以淺顯的文字詳細說明韓語的發音部位，左側則是關於此發音的單字範例，輔以插圖讓讀者更容易記憶。

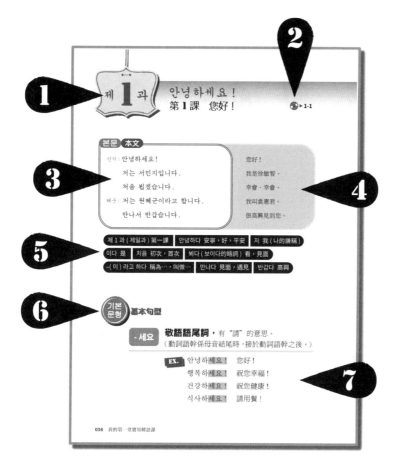

1. 主題	UNIT 2 實用韓語會話的主題,透過由淺而深的 20 課會話內容,快速增進讀者的韓語程度。
2. MP3 序號	由韓籍配音員以標準韓語為讀者示範標準發音,讓讀者學會正確的韓語說法。
3. 實用韓語會話	從基本的打招呼開始,逐步進階到自我介紹、居留申請……等。
4. 中文翻譯	採用中韓對照的方式,讓讀者在學習韓語會話的同時,能立即了解該對話的意思。
5. 課文單字	將會話當中的單字字義以適切的中文翻譯出來,方便讀者背單字也解決讀者還要查字典的困擾。
6. 基本句型	對於課文中的重點句型,加以翻譯和說明。
7. 例句	以韓中對照方式,提示相關例句,幫讀者活用此句型並強化記憶。

如何使用本書

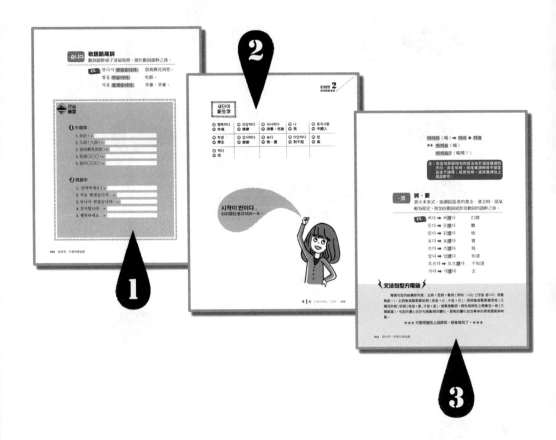

1. 翻譯練習	分別以 **❶** 中翻韓 **❷** 韓翻中的中韓互譯練習,幫助讀者熟悉所學到的句型文法。
2. 新生字	以韓中對照方式,增列與內文相關的新單字,以擴充讀者的單字量。
3. 文法句型充電站	針對所學的課文內容,簡單明瞭地說明韓語句型的排列方式以及使用的時機和場合……等。

1. 相似詞的用法

將詞意相近的字詞特別提出來說明，以減少誤用的情形。

2. 用詞說明

以中文翻譯並分析相似詞的意思和正確的用法、使用的時機等。

3. 例句辨析

分別列出正確和錯誤的例句，方便讀者分辨兩者的不同。

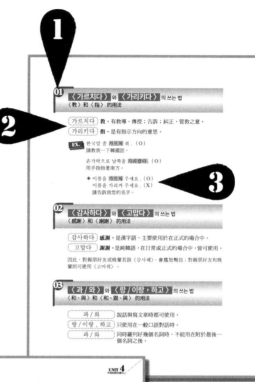

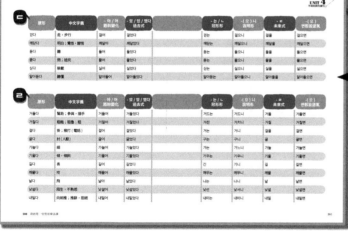

4 不規則詞形變化

UNIT 4 分成原形、中文字義、語幹變化、過去式 4 個欄位，讓讀者更容易背誦和應用。

目錄

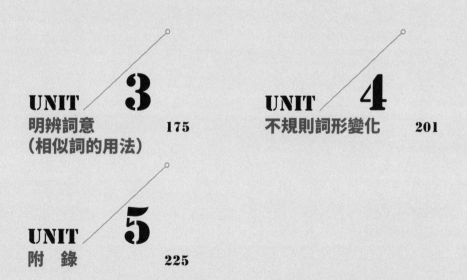

UNIT 1
韓語基本文字篇

 **基本字母**

　　韓國文字為表音（拼音）文字，韓文字是朝鮮朝世宗大王命朝中大臣集思廣益創製而成。一四四三年開始進行，於一四四六年制訂後，由世宗大王頒布命名為「訓民正音」，從此以後，韓國才有自己的文字，在此之前，韓國的文字記載皆使用漢字，故史書記載也皆用漢文撰寫。

韓語字母表　▶0-1

子音 ╲ 母音		❶ ㅏ	❷ ㅑ	❸ ㅓ	❹ ㅕ	❺ ㅗ
❶	ㄱ	가	갸	거	겨	고
❷	ㄴ	나	냐	너	녀	노
❸	ㄷ	다	댜	더	뎌	도
❹	ㄹ	라	랴	러	려	로
❺	ㅁ	마	먀	머	며	모
❻	ㅂ	바	뱌	버	벼	보
❼	ㅅ	사	샤	서	셔	소
❽	ㅇ	아	야	어	여	오
❾	ㅈ	자	쟈	저	져	조
❿	ㅊ	차	챠	처	쳐	초
⑪	ㅋ	카	캬	커	켜	코
⑫	ㅌ	타	탸	터	텨	토
⑬	ㅍ	파	퍄	퍼	펴	포
⑭	ㅎ	하	햐	허	혀	호

　　在頒布當時，韓文字母原有二十八個，經由時代演變至今，已簡化成二十四個基本字母。其中，基本母音有十個，基本子音有十四個。

子音 ╲ 母音		❻ ㅛ	❼ ㅜ	❽ ㅠ	❾ ㅡ	❿ ㅣ
❶	ㄱ	교	구	규	그	기
❷	ㄴ	뇨	누	뉴	느	니
❸	ㄷ	됴	두	듀	드	디
❹	ㄹ	료	루	류	르	리
❺	ㅁ	묘	무	뮤	므	미
❻	ㅂ	뵤	부	뷰	브	비
❼	ㅅ	쇼	수	슈	스	시
❽	ㅇ	요	우	유	으	이
❾	ㅈ	죠	주	쥬	즈	지
❿	ㅊ	쵸	추	츄	츠	치
⓫	ㅋ	쿄	쿠	큐	크	키
⓬	ㅌ	툐	투	튜	트	티
⓭	ㅍ	표	푸	퓨	프	피
⓮	ㅎ	효	후	휴	흐	히

※ 韓文是表音文字（拼音文字），字母本身如同韓文的注音符號。

韓文字係子音與母音的結合，任何單獨的子音或母音皆無法成為一個韓文字。此外，不管子音與母音如何排列組合，其排列方式一定是先子音後加母音。

　　韓文字的字形，尤其是子音（初聲，終聲亦同）部分是根據人類的發聲位置，取其形態創製而成，所有子音的發音皆出於牙、舌、脣、齒、喉。當時共有 17 個字形，演化至今，包含硬音（雙子音）在內，共有 19 個。如同前述，每一種語言都有其特色，但也有其先天上的限制。訓民正音創製的當時，因時代背景的關係，我們可以瞭解到和中國有著深厚的影響關係，隨著時代的變遷，韓文字的演化，有些古字已經不復存在。但是，西風東漸，經過與西方語系的交流後，外來語也逐漸被廣泛應用。

　　英文中屬於脣齒音的「f」和「v」發音，是韓文字母中無法表現的地方，因權宜之計，只能用「ㅍ」和「ㅂ」來替代。例如，coffee（咖啡）發音成「커피」；video（錄影）發音成「비디오」。如果能再設計類似脣齒音的「f」和「v」發音的對應字母的話，就更加周延了。

　　根據韓國政府於 1988 年 1 月 19 日，由當時的文教部頒佈告示第 88-2 號—〈標準語規定〉中，第 2 部（標準發音法）第 2 章（子音和母音）第 2 項至第 5 項規定，韓文字母當中，**標準母音有如下 21 個：**

 ▶0-2

ㅏ	ㅐ	ㅑ	ㅒ	ㅓ	ㅔ	ㅕ
ㄚ	ㄝ	一ㄚ	一ㄝ	ㄛ	ㄝ/一ㄝ	一ㄛ
ㅖ	ㅗ	ㅘ	ㅙ	ㅚ	ㅛ	ㅜ
一ㄝ	ㄡ	ㄨㄚ	ㄨㄟ/ㄨㄝ	ㄨㄟ/ㄨㄝ	一ㄡ	ㄨ
ㅝ	ㅞ	ㅟ	ㅠ	ㅡ	ㅢ	ㅣ
ㄨㄛ	ㄨㄟ/ㄨㄝ	ㄨ一	一ㄨ	1*	ㄨ一/一/ㄝ	一

> 1、「ㅡ」的發音類似於脣形為微開呈橫向壹字形的ㄨ音，但脣形不能呈現圓脣模樣。

其中，ㅏ、ㅐ、ㅓ、ㅔ、ㅗ、ㅚ、ㅜ、ㅟ、ㅡ、ㅣ為單母音，但ㅚ、ㅟ亦可稱為複合母音（이중모음）；ㅑ、ㅒ、ㅕ、ㅖ、ㅘ、ㅙ、ㅛ、ㅝ、ㅞ、ㅠ、ㅢ為複合母音。

標準子音有如下 19 個：

▶ 0-3

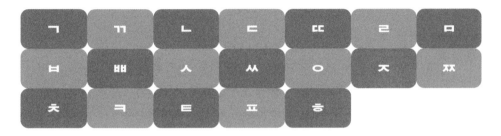

按照〈訓民正音〉的記載分析，對應我們的注音符號時，可以發現到：

「ㄱ，牙音，如君字初發聲」，君字頭音台語音為ㄍ音；「ㅋ，牙音，如快字初發聲」，快字頭音為國語或台語音之ㄎ音；「ㄷ，舌音，如斗字初發聲。並書，如覃字初發聲」，斗字頭音為ㄉ音，覃字頭音為ㄊ音；「ㅌ，舌音，如吞字初發聲」，吞字頭音為ㄊ音；「ㄴ，舌音，如那字初發聲」，那字頭音為ㄋ音；「ㅂ，脣音，如彆字初發聲。並書，如步字初發聲」，彆、步字頭音為ㄅ音；「ㅍ，脣音，如漂字初發聲」，漂字初發聲為ㄆ音；「ㅁ，脣音，如彌字初發聲」，彌字初發聲為ㄇ音；「ㅈ，齒音，如即字初發聲。並書，如慈字初發聲」，即字初發聲與慈字初發聲為ㄐ或ㄗ、ㄘ音；「ㅊ，齒音，如侵字初發聲」，侵字初發聲為國語的ㄑ或台語音之ㄘ音；「ㅅ，齒音，如戌字初發聲。並書，如邪字初發聲」，戌字與邪字初發聲為ㄙ或ㄒ音；「ㅎ，喉音，如虛字初發聲。並書，如洪字初發聲」，虛與洪字初發聲為ㄏ音；「ㄹ，半舌音，如閭字初發聲」，閭字初發聲為ㄌ音等等。

由此看來，韓語子音與國語注音符號或台語發音相似之處甚多，經兩相比較結果，列表參考如下：

ㄱ	ㄲ	ㄴ	ㄷ	ㄸ	ㄹ	ㅁ
ㄎ/ㄍ	ㄍ	ㄋ/ㄐ/ㄌ	ㄊ/ㄉ	ㄉ	ㄌ	ㄇ

ㅂ	ㅃ	ㅅ	ㅆ	ㅇ	ㅈ	ㅉ
ㄆ/ㄅ	ㄅ	ㄙ/ㄒ	ㄙ	ㄤ/ㄥ	ㄗ/ㄐ2*/ㄘ	ㄗ

ㅊ	ㅋ	ㅌ	ㅍ	ㅎ
ㄑ/ㄘ	ㄎ	ㄊ	ㄆ	ㄏ

　　有鑑於此，筆者將針對音韻學上有關發音上的專有名詞，諸如：激音（격음）、硬音（경음）、濃音（疊音）、邊音（舌側音）、口蓋音化（顎化音）、鼻化音等等，簡化為讓學習者能夠輕易了解的說明，再與國語注音符號做相對照，以作為輔助發音的學習方式，幫助初學者說出標準且正確的韓語。

2、「ㅈ，齒音，如卽字初發聲。並書，如慈字初發聲」，卽字頭音為ㄐ，又慈字台語頭音為ㄗ，筆者取ㄗ音為主。當頭音時，略帶微氣音，如ㄘ音模樣。

幽默一下！

치매? 건망증?
癡呆？健忘症？

내가 치매인지 건망증인지 진단하는 방법
我到底是癡呆？還是健忘症的診斷方法。

❋ 술을 먹었을 때 마누라가 이뻐 보이면 그건 "건망증"
　喝酒的時候，老婆看起來漂亮的話，這是 "健忘症"。

❋ 날마다 이뻐 보이면 그건 "치매"
　每天看起來漂亮的話，這是 "癡呆"。

 韓語文字結構

　　韓國文字結構係由子音和母音結合組成，其排列順序為先子音後連接母音，也有再連接子音的排列組合，例如：가、각。書寫順序由上而下，左而右的寫法，如同漢字的寫法一樣，然而，發音卻是採用表音（拼音）的方式。其中，連音現象是其特徵之一，又以子音接變的規則變化多端，最讓初學者感到頭痛。茲將有關韓語發音問題按照其特性分述如下：

❶ 子音＋母音

例如：가、나、다、라……　　　　例如：고、노、도、로……

❷ 子音＋母音＋子音

例如：간、난、단、란、안……　　例如：국、논、돈、롱、옹……

❸ 子音＋母音＋子音＋子音

例如：읽、앉、않、있、닭……　　例如：몫、흙、곪……

基本母音發音要點 ▶ 0-4

ㅏ		
羅馬	**韓文**	
a	**아**	

嘴巴自然張開，發出類似「ㄚ」的聲音。

韓 아기 中 小孩　　韓 아빠 中 阿爸

ㅑ		
羅馬	**韓文**	
ya	**야**	

嘴巴自然張開，發出類似「一ㄚ」的聲音。

韓 야구 中 棒球　　韓 야자 中 椰子

ㅓ		
羅馬	**韓文**	
eo	**어**	

上下齒顎半開，發出類似「ㄜ/ㆆ」的聲音。

韓 어머니 中 母親　　韓 어부 中 漁夫

ㅕ		
羅馬	**韓文**	
yeo	**여**	

上下齒顎半開，發出類似「一ㄜ/一ㆆ」的聲音。

韓 여자 中 女子　　韓 여우 中 狐狸

ㅗ

羅馬	韓文
o	오

上下齒顎全開，發出類似「ㄡ」的聲音。

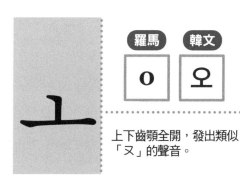

韓 오늘 中 今天　　韓 오후 中 下午

ㅛ

羅馬	韓文
yo	요

上下齒顎全開，發出類似「ㄧㄡ」的聲音。

韓 요리 中 料理　　韓 요가 中 瑜珈

ㅜ

羅馬	韓文
u	우

上下脣呈圓形狀，發出類似「ㄨ」的聲音。

韓 우주 中 宇宙　　韓 우유 中 牛奶

ㅠ

羅馬	韓文
yu	유

上下脣呈圓形狀，發出類似「ㄧㄨ」的聲音。

韓 유리 中 玻璃　　韓 유자 中 柚子

羅馬	韓文
eu	으

韓 은행 中 銀行　　韓 으쓱하다 中 聳肩

上下齒顎半開，上下唇自然呈現一字形，聲音從喉部輕輕往上提，發出類似「ㄨ」的聲音，但是唇形成上下平行狀，唇形不可縮成圓形狀。

羅馬	韓文
i	이

我今年 **5** 歲

發音和「一」類似。

韓 이모 中 阿姨　　韓 나이 中 年齡

韓語的母音分為「單母音」和「複合母音」。

韓文字的字母排列組合是先子音再搭配母音，每個字的發音一定是子音加上母音後拼出完整的一個字，而且該字拼出來的音必須總結成一個完整音，不可同時發出兩個以上的音。

例如，ㄱ（k / ㄎ）＋ ㅏ（a / ㄚ）＝가（ka / ㄎㄚ）。

複合母音的組合是從基本母音中衍生出來的。

例如，ㄱ（k / ㄎ）＋ ㅘ（wa / ㄨㄚ）＝과（kwa / ㄎㄨㄚ）。

單母音（단모음）：ㅏ、ㅓ、ㅗ、ㅜ、ㅡ、ㅣ、ㅐ、ㅔ、ㅚ、ㅟ

複合母音（이중모음）：ㅑ、ㅕ、ㅛ、ㅠ、ㅒ、ㅖ、ㅘ、ㅙ、ㅝ、ㅞ、ㅢ

基本子音發音要點 ▶ 0-5

羅馬	韓文
k/g	기역

ㄱ

當字首時，發出帶微氣的「ㄎ」音，非字首時，為不送氣的「ㄍ」音。

🇰🇷 기차 🇨🇳 火車　🇰🇷 기타 🇨🇳 吉他

羅馬	韓文
n	니은

ㄴ

位置擺在母音的左邊或上邊時，發出類似「ㄋ」的聲音；當尾音時，發出類似「ㄢ/ㄣ」的聲音。

🇰🇷 나비 🇨🇳 蝴蝶　🇰🇷 누나 🇨🇳 姊姊

羅馬	韓文
t/d	디귿

ㄷ

當字首時，發出帶微氣的「ㄊ」音，非字首時，為不送氣的「ㄉ」音。

🇰🇷 다리 🇨🇳 橋；腿　🇰🇷 바다 🇨🇳 海

羅馬	韓文
r/l	리을

ㄹ

利用舌頭顫動，發出類似「ㄌ」的舌側音。

🇰🇷 우리 🇨🇳 我們　🇰🇷 머리 🇨🇳 頭

ㅁ	羅馬	韓文
	m	미음

發音和「ㄇ」類似。

韓 나무 中 樹　　韓 미소 中 微笑

ㅂ	羅馬	韓文
	p/b	비읍

當字首時，發出帶微氣的「ㄆ」音，非字首時，為不送氣的「ㄅ」音。

韓 바보 中 笨蛋　　韓 보리 中 大麥

ㅅ	羅馬	韓文
	s	시옷

發音和「ㄙ」類似。

韓 소나기 中 雷陣雨　　韓 사자 中 獅子

ㅇ	羅馬	韓文
	ng	이응

擺在母音的左邊或上邊時，不發音；當尾音時，發出類似「ㄤ/ㄥ」的聲音。

사자 ○
소자 ✕

韓 오자 (誤字)
中 錯 (別) 字　　韓 오리 中 鴨子

ㅈ

羅馬 **j** 韓文 **지읒**

當字首時，發出帶微氣而介於「ㄗ/ㄘ」之間的音，非字首時，為不送氣的「ㄗ」音。

韓 주스 中 果汁　韓 자유 中 自由

ㅊ

羅馬 **ch** 韓文 **치읓**

屬於氣音，發音和「ㄘ」類似。

韓 차 中 茶　　韓 치즈 中 起司

ㅋ

羅馬 **k** 韓文 **키읔**

屬於氣音，發音和「ㄎ」類似。

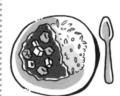

韓 카레 中 咖哩　韓 커피 中 咖啡

ㅌ

羅馬 **t** 韓文 **티읕**

屬於氣音，發音和「ㄊ」類似。

韓 토마토 中 番茄　韓 타자기 中 打字機

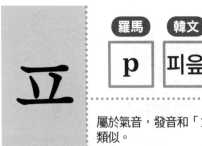

立

屬於氣音，發音和「ㄆ」
類似。

🇰🇷 파도 🇨🇳 海浪　🇰🇷 피자 🇨🇳 披薩

ㅎ

屬於帶微氣喉音，發音和
「ㄏ」類似。

🇰🇷 호수 🇨🇳 湖水　🇰🇷 휴지 🇨🇳 衛生紙

子音分為「單子音」、「雙子音」、「複合子音」、「尾音」四種。

1. 單子音

單子音共十四個，根據發音的方式，分為「清音」與「濁音」；而根據發音時氣息的強度，也有「送氣音」和「不送氣音」的區別。整理如下表：

分類	發音規則	相關子音
清音	氣息從氣管出來通過聲門時，聲門並未緊閉，氣息自內流出，聲帶不發生顫動，叫做清音。	ㄱ、ㄷ、ㅂ、ㅅ、ㅈ、ㅊ、ㅋ、ㅌ、ㅍ、ㅎ
濁音	氣息從氣管出來通過聲門時，氣息使聲帶產生顫動，發出的聲音是帶音的，叫做濁音。	ㄴ、ㄹ、ㅁ、ㅇ
送氣音	發音時，聲音含有較強烈的氣息聲音。	ㅍ、ㅌ、ㅋ、ㅊ
不送氣音	發音時，聲音不帶氣。	ㅂ、ㄷ、ㄱ、ㅈ

2. 雙子音 (硬音)

　　子音排列組合有如雙胞胎，如同一個音加倍、重疊，在韓文中解釋為「硬音」，文如其意，聲音加重，音量結實、硬挺。

　　雙子音共有五個，分別是：ㄲ、ㄸ、ㅃ、ㅆ、ㅉ。

 ▶ 0-6

| ㄲ | 羅馬 kk | 注音 《 | | |
| | 韓文 쌍기역 | | 韓 토끼 中 兔子 | 韓 꼬마 中 小孩 |

| ㄸ | 羅馬 tt | 注音 ㄉ | | |
| | 韓文 쌍디귿 | | 韓 허리띠 中 腰帶 | 韓 따오기 中 朱鷺 |

| ㅃ | 羅馬 pp | 注音 ㄅ | | |
| | 韓文 쌍비읍 | | 韓 뼈 中 骨頭 | 韓 빵 中 麵包 |

从 | 羅馬 ss | 注音 ㄙ

韓文 쌍시옷

韓 싸리비 中 掃帚 韓 아저씨 中 大叔

双 | 羅馬 jj | 注音 ㄗ

韓文 쌍지읒

韓 가짜 中 假的 韓 버찌 中 櫻桃

3. 複合子音

複合子音的排列組合通常是在尾音的位置，共有十一個，分別為：ㄳ、ㄵ、ㄶ、ㄺ、ㄻ、ㄼ、ㄽ、ㄾ、ㄿ、ㅀ、ㅄ。

根據拼音的基本法則，雖然兩個子音排在一起，但也只能發出一個音，故而其中有個音必須隱藏起來，不發出聲音。

▶ 0-7

ㄳ | 羅馬 -k

韓 넋 中 魂 韓 삯 中 工資

ㄵ

羅馬 **-n**

韓 앉다 中 坐

韓 얹다 中 放上

ㄶ

羅馬 **-n** **-nh**

韓 않다 中 不

韓 많다 中 多

ㄺ

羅馬 **-k**

韓 닭 中 雞

韓 늙다 中 老

ㄻ

羅馬 **-m**

韓 젊다 中 年輕

韓 삶다 中 煮

래	羅馬 -l/p	 韓 여덟 中 八	 韓 넓다 中 寬廣

汖	羅馬 -l	 韓 돐 中 週年	 韓 웂 中 償

汦	羅馬 -l	 韓 핥 中 舔	 韓 훑다 中 剝、脫

읖	羅馬 -p	 韓 읊다 中 吟、詠

핥 羅馬 -l / -lh

韓 싫다 中 討厭　韓 잃다 中 遺失

ㅄ 羅馬 -p

韓 값 中 價　韓 없다 中 無

4. 尾音

尾音又稱「墊音」，韓國人稱為「받침」，共分成七種尾音，整理如下：

0-8

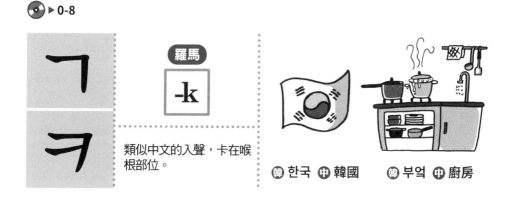

ㄱ / ㅋ 羅馬 -k

類似中文的入聲，卡在喉根部位。

韓 한국 中 韓國　韓 부엌 中 廚房

ㄴ	羅馬 -n	 

-n

鼻音，氣息往鼻腔上提到一半時，舌頭抵住上下齒顎，不要讓聲音往上衝。

韓 안개 中 霧　　韓 편지 中 信

| ㄷ、ㅅ
ㅈ、ㅊ
ㅌ、ㅎ | 羅馬
-t |

聲音不用全然發出，卡在喉根部位。

韓 옷 中 衣服　　韓 꽃 中 花

| ㄹ | 羅馬
-l |

舌顫音，舌頭震動，類似中文的捲舌音，但不用捲太厲害，自然微捲即可。

韓 달 中 月亮　　韓 얼굴 中 臉

| ㅁ | 羅馬
-m |

收音，脣形緊閉。

韓 섬 中 島

韓 봄 中 春

ㅂ
ㅍ

羅馬
-p

收音，唇形緊閉。

韓 밥 中 飯　　韓 잎 中 葉

ㅇ

羅馬
-ng

鼻音，聲音往鼻腔上提，
氣息充滿鼻腔。

韓 공 中 球　　韓 강아지 中 小狗

※ 有關詳細的韓語發音內容，可參考筆者著書〈我的第一堂韓語發音課〉(瑞蘭出版)。

新興的
生活
方式

로하스족

Lifestyles Of Health And Sustainability(LOHAS) 의약자이다 .
건강과 지속적인 성장을 추구하는 생활방식이나 이를 실천하려는 사람들을 말한다 .

樂活族

英文 Lifestyles Of Health And Sustainability(LOHAS) 的簡稱，
係指追求健康與持續成長的生活方式或是想要實踐用這種方式生活的人。

UNIT 2
實用韓語會話

제 1 과 **안녕하세요!**
第1課　您好！

▶1-1

본문 本文

민지 : 안녕하세요!

저는 서민지입니다.

처음 뵙겠습니다.

용성 : 저는 이용성이라고 합니다.

만나서 반갑습니다.

您好！

我是徐敏智。

幸會、幸會。

我叫李龍成。

很高興見到您。

제1과 (제일과) 第一課　안녕하다 安寧，好，平安　저 我 (나的謙稱)

이다 是　처음 初次，首次　뵙다 (보다的謙稱) 拜見

-(이) 라고 하다 稱為…，叫做…　만나다 見面，遇見　반갑다 高興

기본 문형 **基本句型**

- 세요　**敬語語尾詞，**有 "請您…" 的意思。
（動詞語幹係母音結尾時，接於動詞語幹之後。）

EX.
안녕하세요!　您好！

행복하세요!　祝您幸福！

건강하세요!　祝您健康！

식사하세요!　請用餐！

-은/는 　助詞

通常用於主格、目的格、副詞格等的補助詞；
說話者表示強調其身分、資格、主觀意識或凸
顯主題而加強語氣時的助詞。（主詞係母音結尾
時，接"는"；主詞係子音結尾時，接"은"。）

| **EX.** | 나는 중국사람입니다. | 我是中國人。 |
| | 저는 학생입니다. | 我是學生。 |

-ㅂ니다 　敬語語尾詞

動詞語幹係母音結尾時，接於動詞語幹之後。

EX.	저는 이정은입니다.	我是李廷恩。
	저는 학생입니다.	我是學生。
	감사합니다.	謝謝。

-아/어서 　因為…所以；…之後接著…

表示原因的連接詞，說明前因後果。另外，又
可當前後兩個動作的連接詞。接在動詞或形容
動詞語幹之後。動詞或形容動詞語幹的母音為
陽音時，接－아서；為陰音時，接－어서。

| **EX.** | 만나서 반갑습니다. | 很高興見到您。 |
| | 늦어서 미안합니다. | 對不起來晚了。 |

敬語語尾詞

動詞語幹係子音結尾時，接於動詞語幹之後。

EX. 만나서 반갑습니다.　　很高興見到您。

밥을 먹습니다.　　　　吃飯。

처음 뵙겠습니다.　　　幸會、幸會。

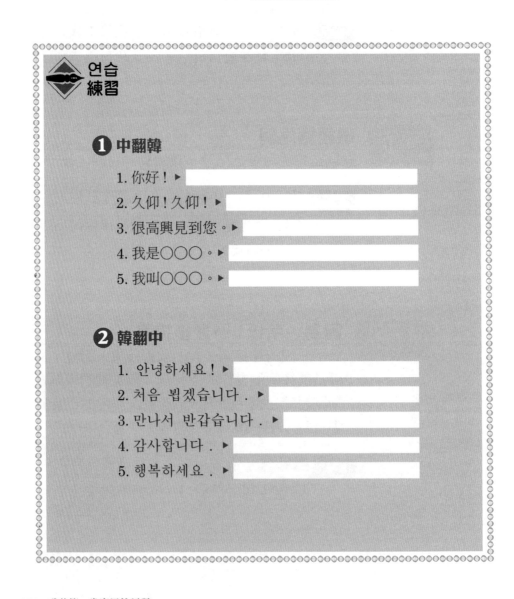

연습
練習

❶ 中翻韓

1. 你好！▸

2. 久仰！久仰！▸

3. 很高興見到您。▸

4. 我是○○○。▸

5. 我叫○○○。▸

❷ 韓翻中

1. 안녕하세요！▸

2. 처음 뵙겠습니다.▸

3. 만나서 반갑습니다.▸

4. 감사합니다.▸

5. 행복하세요.▸

새단어
新生字

韓 행복하다 中 幸福	韓 건강하다 中 健康	韓 식사하다 中 用餐，吃飯	韓 나 中 我	韓 중국 사람 中 中國人
韓 학생 中 學生	韓 감사하다 中 謝謝	韓 늦다 中 晚，遲	韓 미안하다 中 對不起	韓 밥 中 飯
韓 먹다 中 吃				

시작이 반이다.
好的開始是成功的一半。

책을 펴세요!
第2課　請打開書

🔘 ▶ 1-2

본문 本文

선생님: 여러분! 안녕하세요!	各位好！（大家好！）
책을 펴세요!	請打開書！
한국어 회화책을 펴세요!	請打開韓國語會話書！
잘 들으세요!	請注意聽！
잘 들어 보세요!	請注意聽聽看！
읽으세요!	請唸！
좀 읽어 보세요!	請唸唸看！（請唸一下看看！）
칠판을 보세요!	請看黑板！
따라 하세요!	請跟著唸（做)!
따라 읽어 보세요!	請跟著唸唸看！
쓰세요!	請寫！
써 보세요!	請寫寫看！
대답하세요!	請回答。
질문 있어요?	有問題嗎？
학생: 네, 있어요.	是的，有。
아니요, 없어요.	不，沒有。
선생님: 알겠어요?	知道嗎？
학생: 네, 알겠습니다.	是，知道。

아니요, 모르겠습니다.	不，不知道。
선생님 : 연습하세요!	請練習。
연습해 보세요!	請練習看看。
숙제해 오세요!	請把作業做出來。
학생 : 네, 알겠습니다.	是，知道了。
안녕히 계세요.	再見。
선생님 : 안녕히 가세요.	再見。

제 2 과 (제이과) 第二課　선생님 老師　여러분 各位　책 (冊) 書

펴다 打開，翻開　한국어 韓國語　회화 會話　잘 好好地　듣다 聽

보다 看　들어보다 聽聽看　좀 一點兒，一些，稍微　읽다 唸

읽어보다 唸唸看　칠판 (漆板) 黑板　따라하다 跟隨，跟　쓰다 寫；用；苦

써보다 寫寫看　대답하다 (對答) 回答　질문 (質問) 問題　있다 有，在

알다 知道　모르다 不知道　연습하다 練習　숙제하다 做習題　-히 副詞形

계시다 (있다的敬語形) 有，在　가다 去

 **基本句型**

-을	**受格助詞**

受格助詞有 "**를 / 을**" 之區分。受詞為子音結尾
時，受格助詞 + **을**；受詞為母音結尾時，受格
助詞 + **를**。

母音 + 를

커피를 마십니다.　　喝咖啡。

친구를 만납니다.　　見朋友。

영화를 봅니다.　　看電影。

사과를 먹습니다.　　吃蘋果。

子音 + 을

음악을 듣습니다.　　聽音樂。

책을 펴세요 !　　請打開書 !

칠판을 보세요 !　　請看黑板 !

신문을 봅니다.　　看報紙。

- 어요 ? 與 - 어요 敬語語尾詞

接在動詞或形容詞形動詞的語幹母音屬於陰音 (ㅓ, ㅜ) 時。

疑問句的情形：- 어요 ?

肯定句的情形：- 어요

表示禮貌、尊敬，屬於較不正式的用法。在非正式的場合中，或是對方與自己的關係較為親近時，使用本語法。其禮貌、尊敬的程度不亞於 "ㅂ니까 ? / 습니까 ? ; ㅂ니다 / 습니다"，通常使用對象係父母、兄姊、長輩，也可用於初次見面的陌生人。一般女性使用較多，因其語音表現較為柔和。

> 註："ㅡ, ㅣ"雖屬於中性音，但在語尾變化的連接時，往往會根據前一個字的母音係陽音或陰音來加以判斷。通常中性音時，所接的語尾助詞，同陰性音的接法。

EX. 있다（有、在）➡ 있 ＋ 어요
▶▶ 있어요.（有）
　　있어요？（有嗎？）

먹다（吃）➡ 먹 ＋ 어요
▶▶ 먹어요.（吃）
　　먹어요？（吃嗎？）

입다（穿）➡ 입 ＋ 어요
▶▶ 입어요.（穿）
　　입어요？（穿嗎？）

재미있다（有趣）➡ 재미있 ＋ 어요
▶▶ 재미있어요.（有趣）
　　재미있어요？（有趣嗎？）

읽다（唸）➡ 읽 ＋ 어요
▶▶ 읽어요.（唸）
　　읽어요？（唸嗎？）

예쁘다（漂亮）➡ 예쁘 ＋ 어요
▶▶ 예뻐요.（漂亮）
　　예뻐요？（漂亮嗎？）

적다（少）➡ 적 ＋ 어요
▶▶ 적어요.（少）
　　적어요？（少嗎？）

누워서 떡 먹기.
易如反掌。

※ 註：躺著吃糕餅
　　係指很容易
　　的意思。

마시다（喝）➡ 마시 ＋ 어요

▶▶ 마셔요 .（喝）

마셔요 ?（喝嗎？）

> 註：肯定句與疑問句的說法在於語尾聲調的
> 不同。肯定句時，語尾聲調稍微平緩並
> 且往下調降；疑問句時，語尾聲調往上
> 提高即可。

- 겠　將、要

表示未來式，強調說話者的意念、意志時，語氣
較為堅定。附加在動詞或形容動詞的語幹之後。

EX.

펴다 ➡ 펴겠다	打開
듣다 ➡ 듣겠다	聽
읽다 ➡ 읽겠다	唸
보다 ➡ 보겠다	看
쓰다 ➡ 쓰겠다	寫
알다 ➡ 알겠다	知道
모르다 ➡ 모르겠다	不知道
가다 ➡ 가겠다	去

文法句型充電站

　　韓語句型的結構排列是：主詞＋受詞＋動詞 (例如：나는 신문을 봅니다 . 我看
報紙。)，主詞後面緊跟著助詞 (母音＋는；子音＋은)，受詞後面緊跟著受格 (又
稱目的格) 助詞 (母音＋를；子音＋을)，接著是動詞。詞性與詞性之間會空一格 (又
稱跳寫)，句型的重心在於句尾動詞的變化，語尾的變化包含尊卑的表現語氣與時
態。

★★★ 只要把握住上述原則，就會造句了。★★★

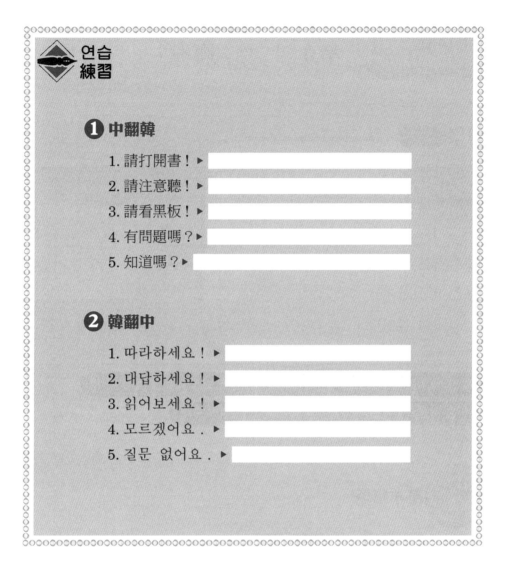

연습
練習

❶ 中翻韓

1. 請打開書！ ▶ _____
2. 請注意聽！ ▶ _____
3. 請看黑板！ ▶ _____
4. 有問題嗎？ ▶ _____
5. 知道嗎？ ▶ _____

❷ 韓翻中

1. 따라하세요！ ▶ _____
2. 대답하세요！ ▶ _____
3. 읽어보세요！ ▶ _____
4. 모르겠어요. ▶ _____
5. 질문 없어요. ▶ _____

새단어
新生字

韓 음악	韓 신문	韓 입다	韓 재미있다	韓 예쁘다	韓 적다	韓 마시다
中 音樂	中 報紙	中 穿	中 有趣、好玩	中 漂亮	中 少	中 喝

제3과 어디 가요?
第3課 你去哪裡？

1-3

본문 本文

민지 : 안녕하세요!	您好！
용성 : 안녕하세요! 민지씨.	您好！敏智小姐。
어디 가요?	你去哪兒？
민지 : 저는 학교에 가요.	我去學校。
용성 : 저도 학교에 가요.	我也去學校。
같이 갑시다.	一起去吧！

제 3 과 (제삼과) 第三課　　어디 哪裡　　씨 先生或小姐　　학교 學校

-아요 肯定句之語尾詞（普通客套語氣）　　같이 一起

基本句型

-아요? 與 -아요. 普通客套語氣的語尾詞

接在動詞或形容詞形動詞的語幹母音屬於陽音（ㅏ,ㅗ）時。

疑問句的情形：－아요？

肯定句的情形：－아요.

表示禮貌，屬於較非正式的用法。在非正式的場合中，或是對方與自己的關係較為親近時，通常會使用這樣的表現法。其禮貌、尊敬的程度不亞於"ㅂ니까?/ 습니까？；

ㅂ니다 . / 습니다 ．"，通常使用對象係父母、兄姊、長輩，
也可用於初次見面的陌生人。 一般女性使用較多，因其語
音表現較為柔和。

EX. 보다（看）➡ 보 ➕ 아요
▶▶ 봐요 .（看）
봐요？（看嗎？）

가다（去）➡ 가 ➕ 아요
▶▶ 가요 .（去）
가요？（去嗎？）

오다（來）➡ 오 ➕ 아요
▶▶ 와요 .（來）
와요？（來嗎？）

만나다（見面）➡ 만나 ➕ 아요
▶▶ 만나요 .（見面）
만나요？（見面嗎？）

비싸다（貴）➡ 비싸 ➕ 아요
▶▶ 비싸요 .（貴）
비싸요？（貴嗎？）

싸다（便宜）➡ 싸 ➕ 아요
▶▶ 싸요 .（便宜）
싸요？（便宜嗎？）

살다（住）➡ 살 ✚ 아요

▶▶ 살아요.（住）

　　살아요?（住嗎?）

많다（多）➡ 많 ✚ 아요

▶▶ 많아요.（多）

　　많아요?（多嗎?）

좋다（好）➡ 좋 ✚ 아요

▶▶ 좋아요.（好）

　　좋아요?（好嗎?）

나쁘다（壞）➡ 나쁘 ✚ 아요

▶▶ 나빠요.（壞）

　　나빠요?（壞嗎?）

- 에 가다

去…

"에" 表示場所、位置之助詞，後面常常接的是
가다（去）、**오다**（來）、**다니다**（上、去），或
是複合動詞**올라가다**（上去）、**내려가다**（下
去）、**들어가다**（進去）等。

EX. 어디（에）가요?　　　去哪兒?

　　　은행에 가요.　　　　去銀行。

　　　우체국에 가요.　　　去郵局。

　　　커피숍에 가요.　　　去咖啡廳。

　　　학교에 가요.　　　　去學校。

식당에 가요.　　　去餐廳。
화장실에 가요.　　去化妝室。
지하철역에 가요.　去地鐵站。
공원에 가요.　　　去公園。

- 도　　也

EX.

◆ A: 어디 가요?　　　　去哪兒?
　　B: 은행에 가요.　　　去銀行。
　　A: 나도 은행에 가요.　我也去銀行。

◆ A: 어디 가요?　　　　　去哪兒?
　　B: 우체국에 가요.　　去郵局。
　　A: 나도 우체국에 가요.　我也去郵局。

◆ A: 어디 가요?　　　　　去哪兒?
　　B: 커피숍에 가요.　　去咖啡館。
　　A: 나도 커피숍에 가요.　我也去咖啡館。

◆ A: 어디 가요?　　　　　去哪兒?
　　B: 식당에 가요.　　　去餐廳。
　　A: 나도 식당에 가요.　我也去餐廳。

◆ A: 어디 가요?　　　　　去哪兒?
　　B: 공원에 가요.　　　去公園。
　　A: 나도 공원에 가요.　我也去公園。

- ㅂ시다 / 읍시다 一起···吧！(勸誘形)

勸誘形的表現法，指勸導對方跟自己進行同樣的動作，中文意思為 "一起···吧！"。

動詞語幹係母音結尾時，加 - ㅂ시다；子音結尾時，加 - 읍시다 。

EX. - ㅂ시다 接在動詞的語幹係母音結尾時。

가다 ➡ 갑시다！　　　去 ➡ 去吧（走吧）！

보다 ➡ 봅시다！　　　看 ➡ 看吧！

하다 ➡ 합시다！　　　做 ➡ 做吧！

쓰다 ➡ 씁시다！　　　寫 ➡ 寫吧！

마시다 ➡ 마십시다！　喝 ➡ 喝吧！

- 읍시다 接在動詞的語幹係子音結尾時。

먹다 ➡ 먹읍시다！　吃 ➡ 吃吧！

읽다 ➡ 읽읍시다！　唸 ➡ 唸吧！

앉다 ➡ 앉읍시다！　坐 ➡ 坐吧！

듣다 ➡ 들읍시다！　聽 ➡ 聽吧！

연습 練習

❶ 中翻韓

1. 去哪兒？ ▶
2. 去銀行。▶
3. 去公園。▶
4. 我也去郵局。▶
5. 一起吃吧！▶
6. 一起去餐廳吧！▶
7. 一起去咖啡廳吧！▶
8. 一起去學校吧！▶

❷ 韓翻中

1. 학교에 가요 . ▶
2. 공원에 가요 . ▶
3. 화장실에 가요 . ▶
4. 같이 갑시다 . ▶
5. 같이 먹읍시다 . ▶
6. 나도 식당에 가요 . ▶

새단어
新生字

韓 비싸다 中 貴	韓 싸다 中 便宜	韓 살다 中 住，生活	韓 많다 中 多	韓 좋다 中 好
韓 나쁘다 中 壞	韓 오다 中 來	韓 다니다 中 上，去	韓 올라가다 中 上去	韓 내려가다 中 下去
韓 들어가다 中 進去	韓 은행 中 銀行	韓 우체국 中 郵局	韓 커피숍 中 咖啡廳	韓 식당 (食堂) 中 餐廳，餐館
韓 화장실 中 化妝室	韓 지하철역 中 地鐵站	韓 공원 中 公園		

급할 수록
돌아가라．

欲速則不達。

제4과 어서 오세요!
第4課 歡迎光臨!

▶ 1-4

본문 本文

(빵집에서)

점원 : 어서 오세요 !

민지 : 빵 있어요 ?

점원 : 네 , 있어요 .

민지 : 우유도 있어요 ?

점원 : 네 , 있어요 .

민지 : 그리고 사이다도 있어요 ?

점원 : 아니요 , 없어요 .

　　　콜라만 있어요 .

민지 : 그러면 우유하고 빵 주세요 .

점원 : 여기 있어요 .

민지 : 모두 얼마예요 ?

점원 : 백원이에요 .

(在麵包店)

歡迎光臨 !

有麵包嗎 ?

是的 , 有 。

也有牛奶嗎 ?

是的 , 有 。

(而且) 也有汽水嗎 ?

不 , 沒有 。

只有可樂 。

那麼 , 請給我牛奶
和麵包 。
在這兒 。

全部是多少錢 ?

是 100 元 。

제 4 과 (제사과) 第四課	어서 快 , 趕快	빵집 麵包店	우유 牛奶
사이다 汽水	콜라 可樂	그러면 那麼	주다 給	여기 這裡	모두 全部
얼마 多少 (錢)	백 百	-예요 / 이에요 語尾助詞

그리고　而且、又、和、接著

EX.

◆ 우유 있어요.　　　　　　　有牛奶。
그리고 사이다도 있어요.　　而且也有汽水。

◆ 노래를 불러요.　　　　　　唱歌。
그리고 춤도 춰요.　　　　　又跳舞。

◆ 신문을 봐요.　　　　　　　看報紙。
그리고 음악도 들어요.　　　又聽音樂。

◆ 세수를 해요.　　　　　　　洗臉。
그리고 발도 씻어요.　　　　洗腳。

◆ 과자를 먹어요.　　　　　　吃餅乾（點心）。
그리고 커피도 마셔요.　　　又喝咖啡。

-하고　和
表示 "並列" 的意思。

EX.

우유하고 빵　　　　牛奶和麵包
책상하고 의자　　　書桌和椅子
주스하고 사이다　　果汁和汽水
사과하고 배　　　　蘋果和梨
책하고 신문　　　　書和報紙

-만 　 只、僅

表示 "只、僅" 的意思，接於名詞之後。

 EX.

◆ A: 동생도 같이 학교에 가요 ?

　B: 아니요 , 저만 가요 .

中 A: 弟弟也一起去學校嗎 ?

　B: 不，只有我去。

◆ A: 우유하고 빵하고 다 살 거예요 ?

　B: 아니요 , 우유만 주세요 .

中 A: 牛奶和麵包都要買嗎 ?

　B: 不，請只給我牛奶就可以了。

◆ A: 민지씨도 집에 있어요 ?

　B: 아니요 , 저만 있어요 .

中 A: 敏智也在家嗎 ?

　B: 不，只有我在。

◆ A: 은행에도 가요 ?

　B: 아니요 , 우체국에만 가요 .

中 A: 也去銀行嗎 ?

　B: 不，只去郵局。

**무소식이
희소식이다 .**
沒消息就是好消息。

연습 練習

❶ 中翻韓

1. 歡迎光臨！ ▶
2. 唱歌又跳舞！ ▶
3. 請給我牛奶和麵包。 ▶
4. 有汽水嗎？ ▶
5. 是多少錢？ ▶

❷ 韓翻中

1. 여기 있어요 . ▶
2. 얼마예요？ ▶
3. 빵만 주세요！ ▶
4. 콜라하고 사이다 있어요？ ▶
5. 백원이에요 . ▶

새단어 新生字

韓 노래를 부르다 中 唱歌	韓 춤을 추다 中 跳舞	韓 책상 中 書桌	韓 발을 씻다 中 洗腳	韓 주스 中 果汁
韓 커피 (coffee) 中 咖啡	韓 세수를 하다 中 洗臉	韓 의자 中 椅子	韓 과자 中 餅乾 (點心)	韓 사과 中 蘋果 · 韓 배 中 梨

제5과 유머 (다섯 손가락)
第5課 幽默（五根手指頭） ▶1-5

課堂上沒教的
網路韓式幽默

❀ 제목 : 다섯 손가락　題目 : 五根手指頭
❀ 지은이 : 미상　作者 : 不詳

> 어느 날 다섯 손가락이 자랑을 했다.
> 有一天，五隻手指頭各自誇耀著。

엄지 : 난 손가락 중에 힘이 제일 세!
拇指 : 我是手指頭當中力氣最大的。

검지 : 난 손가락 중에 제일 많이 써~
食指 : 我是手指頭當中最常用到的。

중지 : 난 손가락 중에 제일 길어~
中指 : 我是手指頭當中最長的。

약지 : 난 손가락 중에 제일 예뻐~
無名指 : 我是手指頭當中最漂亮的。

그러자 새끼 손가락이 할 말이 없어졌다.
這麼一來，小指頭沒話說了。

그리고 생각해 낸 말...
接著，想了一想之後說…

새끼 : 나 없으면 병신이다.
小指 : 要是沒有我，那就殘廢了。

天生我才必有用，
不要小看自己哦！

제 5 과 (제오과) 第五課　유머 幽默　다섯 五　손가락 手指頭　제목 題目

지은이 作者　미상 (未詳) 不詳　어느날 有一天，某一天

자랑을 하다 炫耀，誇耀　엄지 拇指　난 (나는的縮寫) 我　중 中，當中

힘 力量，力氣　제일 (第一) 最　세다 強力，強大，厲害　검지 食指

제일 最　중지 中指　길다 長　약지 無名指

그러자 這麼一來，如此一來　새끼 仔，小，崽子，孩子　말 話；馬

없어지다 (變) 沒有，(變) 不見，消失　생각하다 想　내다 出

없음 沒有，無　병신 (病身) 殘廢，殘障

기본 문형　基本句型

- 면　…的話

屬於假設語氣，係接在動詞或形容動詞語幹之
後的連接詞。

語幹母音結尾時，接 - 면；子音結尾時，接 - 으면
("ㄹ"除外)。

EX.

◆ 나 없으면 병신이다 .

㊥ 要是沒有我，那就殘廢了。

◆ 비가 오면 안 가겠어요 .

㊥ 要是下雨，就不去。

◆ 시간이 있으면 꼭 가겠어요 .

㊥ 有時間的話，我一定會去。

◆ 돈이 많으면 여행을 가겠어요 .

㊥ 要是有很多錢，我要去旅行。

文法句型充電站

　　는 / 은：通常用於主格、目的格、副詞格等的補助詞；說話者表示強調其身分、資格、主觀意識或凸顯主題而加強語氣時的助詞。主詞係**母音**結尾時 **+ 는**；**子音**結尾時 **+ 은**。

　　이 / 가：通常用於一般敘述文時，屬於客觀立場或自然現象時。主詞係**母音**結尾時 **+ 가**；**子音**結尾時 **+ 이**。例如：

助詞	例句	
는	❀ 나는 중국 사람입니다 .	中 我是中國人。
	❀ 나는 스물 여섯 살입니다 .	中 我是 26 歲。
	❀ 우리는 학생입니다 .	中 我們是學生。
	❀ 어머니는 집에 계십니다 .	中 媽媽在家。
은	❀ 오늘은 월요일입니다 .	中 今天是星期一。
	❀ 동생은 미국에 있습니다 .	中 弟弟在美國。
	❀ 형은 음악을 듣습니다 .	中 哥哥聽音樂。
	❀ 선생님은 전화를 합니다 .	中 老師打電話。
가	❀ 비가 옵니다 .	中 下雨。
	❀ 날씨가 덥습니다 .	中 天氣熱。
	❀ 친구가 옵니다 .	中 朋友來。
	❀ 커피가 맛있습니다 .	中 咖啡好喝。
이	❀ 기분이 좋습니다 .	中 心情好。
	❀ 옷이 비쌉니다 .	中 衣服貴。
	❀ 돈이 많습니다 .	中 錢多。
	❀ 꽃이 예쁩니다 .	中 花漂亮。

하느님은
쓸데없는 물건을 하나도
만들지 않으셨다 .

天生我材必有用！

❀ 世間萬物，都有它存在的道理…

제**6**과

어디 살아요?
第6課　你住哪裡？

▶ 1-6

본문　本文

용성 : 민지 씨, 어디 가요?

민지 : 저는 집에 가요.

　　　용성 씨도 집에 가요?

용성 : 네, 저도 집에 가요.

　　　민지 씨 집이 어디예요?

민지 : 학교 근처에 있어요.

용성 : 집에서 학교까지 얼마나 걸려요?

민지 : 한 십분쯤 걸려요.

　　　용성 씨는 어디 살아요?

용성 : 저도 학교 근처에 살아요.

敏智，你去哪兒？

我要回家。

龍成你也要回家嗎？

是的，我也要回家。

敏智你家在哪兒？

在學校附近。

從家裡到學校需要多久？

大概花 10 分鐘左右。

龍成你住哪兒？

我也住在學校附近。

제 6 과 (제육과) 第六課	집 家	근처 (近處) 附近	에서 … 까지 從…到
얼마나 多少；多麼	걸리다 需要，花費	한 大約、大概	십분 十分 (鐘)
- 쯤 左右			

基本句型

- 에서 - 까지   從…到（表示距離時，從點到點。）

EX.

◆ A: 집에서 학교까지 얼마나 걸려요?

    B: 한 십분쯤 걸려요.

🀄 A: 從家裡到學校需要多久?

    B: 大概花 10 分鐘左右。

◆ A: 서울에서 부산까지 얼마나 걸려요?

    B: 서울에서 부산까지 기차로 한 네 시간쯤 걸려요.

🀄 A: 從首爾到釜山需要花多久的時間?

    B: 從首爾到釜山搭火車大概需要四小時左右。

◆ A: 집에서 회사까지 얼마나 걸려요?

    B: 한 시간쯤 걸려요.

🀄 A: 從家裡到公司需要多久?

    B: 大概要花一小時左右。

◆ A: 일 층에서 삼 층까지 엘레베이터를 타고 올라
가요?

    B: 아니요, 걸어서 올라가요.

🀄 A: 從一樓到三樓是搭電梯上去嗎?

    B: 不,走上去。

-쯤 左右

表示 "程度" 的意思。

EX.

◆ 한 십 분쯤 걸리면 돼요.

中 大概花 10 分鐘左右就行了。

◆ 오전 아홉 시쯤 약속이 있어요.

中 上午九點左右有約會。

◆ 밤 열 시쯤 자요.

中 晚上十點左右睡覺。

◆ 언제쯤 시험이 있어요?

中 大概是什麼時候考試?

수 數字

韓文數字用法有兩種,一種是漢字音數字唸法,
另外一種則是純韓文唸法。

EX.

	1	2	3	4	5	6	7	8	9	10
漢	일	이	삼	사	오	육	칠	팔	구	십
韓	하나	둘	셋	넷	다섯	여섯	일곱	여덟	아홉	열
개(個)(量詞)	한	두	세	네	다섯	여섯	일곱	여덟	아홉	열

	20	30	40	50	60	70	80	90
漢	이십	삼십	사십	오십	육십	칠십	팔십	구십
韓	스물	서른	마흔	쉰	예순	일흔	여든	아흔
개(個)(量詞)	스무	서른	마흔	쉰	예순	일흔	여든	아흔

-시 , -분　時 (點)，分

通常在說明時間時，會以 "韓時漢分" 來表現。
也就是說，談到時 (點) 以純韓文數字唸法，
分則以漢字音唸法來表現。

시 (點) : 한 시 , 두 시 , 세 시 , 네 시 , 다섯 시 , 여
　　　　 섯 시 , 일곱 시 , 여덟 시 , 아홉 시 , 열 시 ,
　　　　 열한 시 , 열두 시

분 (分) : 일 분 , 이 분 , 삼 분 , 사 분 , 오 분 , 육 분 ,
　　　　 칠 분 , 팔 분 , 구 분 , 십 분 , 십일 분 , 십
　　　　 이 분 ,… , 이십 분 , 삼십 분 / 반 , 사십 분 ,
　　　　 오십 분 ,… , 오십구 분

EX.

◆ A: 지금 몇 시예요 ?

　 B: 한 시 십 분이에요 .

中 A: 現在是幾點 ?

　 B: 是一點十分。

◆ A: 지금 몇 시예요 ?

　 B: 아홉 시 이십 분이에요 .

中 A: 現在是幾點 ?

　 B: 是九點二十分。

◆ A: 지금 몇 시예요 ?

　 B: 열한 시 사십오 분이에요 .

中 A: 現在是幾點 ?

　 B: 是十一點四十五分。

◆ A: 지금 몇 시예요?
   B: 네 시 삼십삼 분이에요.
⊕ A: 現在是幾點?
   B: 是四點三十三分。

◆ A: 지금 몇 시예요?
   B: 여덟 시 오십 분이에요.
⊕ A: 現在是幾點?
   B: 是八點五十分。

◆ A: 몇 시에 친구를 만나요?
   B: 세 시 반에 친구를 만나요.
⊕ A: 幾點見朋友?
   B: 三點半見朋友。

◆ A: 몇 시에 학교에 가요?
   B: 여덟 시에 학교에 가요.
⊕ A: 幾點去學校?
   B: 八點去學校。

◆ A: 몇 시에 집에 와요?
   B: 여섯 시 반에 집에 와요.
⊕ A: 幾點回家裡來?
   B: 六點半回家裡來。

◆ A: 몇 시에 아침밥을 먹어요?
   B: 일곱 시 십 분에 아침밥을 먹어요.

ㅁ A: 幾點吃早飯？

B: 七點十分吃早飯。

◆ A: 몇 시에 자요？

B: 열 시에 자요 .

ㅁ A: 幾點睡覺？

B: 十點睡覺。

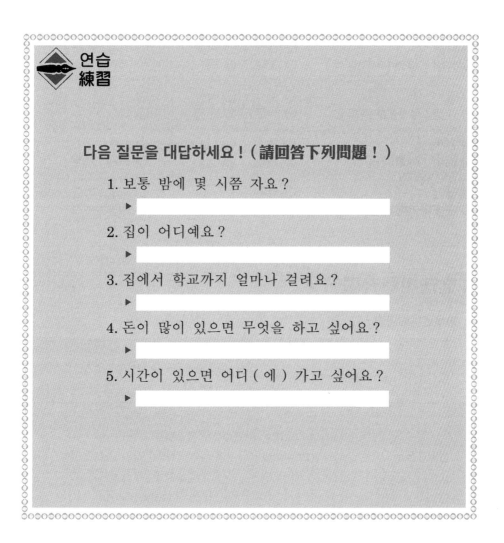

연습
練習

다음 질문을 대답하세요！（請回答下列問題！）

1. 보통 밤에 몇 시쯤 자요？

▶

2. 집이 어디예요？

▶

3. 집에서 학교까지 얼마나 걸려요？

▶

4. 돈이 많이 있으면 무엇을 하고 싶어요？

▶

5. 시간이 있으면 어디 (에) 가고 싶어요？

▶

새단어 新生字

韓 / 中	韓 / 中	韓 / 中	韓 / 中
韓 회사 (會社) 中 公司	韓 서울 中 首爾	韓 기차 中 火車	韓 부산 中 釜山
韓 엘레베이터 (elevator) 中 電梯，升降梯	韓 일 층 中 一樓	韓 타다 中 搭	韓 삼 층 中 三樓
韓 네 中 四 (註 : 後接量詞時，原為넷。)	韓 걷다 中 走	韓 자다 中 睡	韓 오전 中 上午
韓 시간 中 時間；鐘頭 (時間量詞)	韓 밤 中 夜晚	韓 비 中 雨	韓 시험 (試驗) 中 測驗，考試
韓 뭘 中 什麼 (무엇을的縮寫)	韓 꼭 中 一定	韓 여행 中 旅行	韓 돈 中 錢
韓 언제 中 何時，什麼時候	韓 몇 시 中 幾點	韓 –고 싶다 中 想要	韓 보통 中 普通，通常
韓 많이 中 很多地 (副詞形)	韓 약속 中 約會，約定		韓 –려고 하다 中 想要做…

⚡ 文法句型充電站 ⚡

數量名詞的用法：

名詞	量詞	例 (1~5)
옷 (衣服), 종이 (紙)	장 (張，件)	한 장, 두 장, 세 장, 네 장, 다섯 장 ✲ 석 장 (三張)，넉 장 (四張)
담배 (香菸)	갑 (包), 보루 (條), 개비 (根)	한 갑 (보루 , 개비), 두 갑 (보루 , 개비), 세 갑 (보루 , 개비), 네 갑 (보루 , 개비), 다섯 갑 (보루 , 개비)

名詞	量詞	例 (1~5)
소 (牛), 말 (馬), 개 (狗), 닭 (雞), 고양이 (貓), 생선 (魚類)	마리 (匹 , 頭 , 隻 , 尾)	한 마리 , 두 마리 , 세 마리 , 네 마리 , 다섯 마리
책 ,(書) 잡지 (雜誌), 공책 (筆記本)	권 (卷 , 本 , 冊)	한 권 , 두 권 , 세 권 , 네 권 , 다섯 권
시 (詩), 영화 (電影), 소설 (小說)	편 (篇)	한 편 , 두 편 , 세 편 , 네 편 , 다섯 편
드라마 (戲劇)	회 (集), 부 (部)	일 회 (부), 이 회 (부), 삼 회 (부), 사 회 (부), 오 회 (부)
자동차 (汽車), 냉장고 (冰箱), 에어콘 (冷氣),TV(電視)	대 (輛 , 台)	한 대 , 두 대 , 세 대 , 네 대 , 다섯 대
차 (茶), 커피 (咖啡), 주스 (果汁)	잔 (杯)	한 잔 , 두 잔 , 세 잔 , 네 잔 , 다섯 잔
신발 (鞋子), 양말 (襪子)	켤레 (雙)	한 켤레 , 두 켤레 , 세 켤레 , 네 켤레 , 다섯 켤레
우표 (郵票), 티켓 (票)	장 , 매 , 개 (張 , 枚 , 個)	한 장 (매 , 개), 두 장 (매 , 개), 세 장 (매 , 개), 네 장 (매 , 개), 다섯 장 (매 , 개) ✽ 석 장 (三張), 넉 장 (四張)
배 (船)	척 (艘)	한 척 , 두 척 , 세 척 , 네 척 , 다섯 척
음료수 (飲料), 주류 (酒類)	병 , 캔 (瓶)	한 병 , 두 병 , 세 병 , 네 병 , 다섯 병 한 캔 , 두 캔 , 세 캔 , 네 캔 , 다섯 캔
알약 (藥丸), 쌀 (米)	알 (顆 , 粒)	한 알 , 두 알 , 세 알 , 네 알 , 다섯 알
건물 (建築物), 집 (家)	채 (棟), 층 (層 , 樓)	한 채 , 두 채 , 세 채 , 네 채 , 다섯 채 일 층 , 이 층 , 삼 층 , 사 층 , 오 층
연필 (鉛筆), 볼펜 (原子筆)	자루 (枝 、 支)	한 자루 , 두 자루 , 세 자루 , 네 자루 , 다섯 자루

名詞	量詞	例 (1~5)
음식 (食物)	인분 (人份)	일 인분 , 이 인분 , 삼 인분 , 사 인분 , 오 인분
고기 (肉), 떡 (糕餅)	덩어리 (塊)	한 덩어리 , 두 덩어리 , 세 덩어리 , 네 덩어리 , 다섯 덩어리
노래 (歌), 가곡 (歌曲)	곡 (曲、首)	한 곡 , 두 곡 , 세 곡 , 네 곡 , 다섯 곡
물통 (水桶), 쓰레기통 (垃圾桶)	통 (桶)	한 통 , 두 통 , 세 통 , 네 통 , 다섯 통
실 (絲，線), 머리카락 (頭髮)	올 (條，絲)	한 올 , 두 올 , 세 올 , 네 올 , 다섯 올
케잌 (蛋糕), 빵 (麵包)	쪽 (片、塊)	한 쪽 , 두 쪽 , 세 쪽 , 네 쪽 , 다섯 쪽
꽃 (花)	다 발 (束), 송 이 (朵)	한 다발 (송이), 두 다발 (송이), 세 다발 (송이), 네 다발 (송이), 다섯 다발 (송이)
달 (月)	개월 , 달 (個月)	일 개월 , 이 개월 , 삼 개월 , 사 개월 , 오 개월 한 달 , 두 달 , 세 달 (석 달), 네 달 (넉 달), 다섯 달
밥 (飯)	그릇 , 공기 (碗)	한 그릇 (공기), 두 그릇 (공기), 세 그릇 (공기), 네 그릇 (공기), 다섯 그릇 (공기)
밥 (飯)	끼 (餐)	한 끼 , 두 끼 , 세 끼 , 네 끼 , 다섯 끼

백화점에서
第 **7** 課　在百貨公司　　▶1-7

본문 本文

민지 : 용성 씨, 어디 가요?

용성 : 저는 백화점에 가요.

　　　민지 씨도 같이 갈래요?

민지 : 네, 좋아요. 같이 가요.

　　　그런데, 백화점에서 뭘 살 거예요?

용성 : 가방하고 구두를 살 거예요.

　　　민지 씨도 뭐 살 것 있어요?

민지 : 나는 청바지를 살까 해요.

　　　그리고 어머니 치마도 사고 싶어요.

용성 : 아버지 것은 안 사나요?

민지 : 돈이 모자라서 못 사요.

　　　다음에 사려고요.

龍成，你去哪兒？

我要去百貨公司。

敏智你也要一起去嗎？

好啊。 一起去吧！

那你在百貨公司要買
什麼？
買皮包和皮鞋。

敏智你也想要買什麼嗎？

我正想要買牛仔褲。

還有，也想買媽媽的
裙子。
不買爸爸的東西嗎？

錢不夠，沒辦法買。

我想下次再買。

제 7 과 (제칠과) 第七課	백화점 百貨公司	그런데 然而，但是	사다 買

가방 皮包，書包	구두 皮鞋	어머니 媽媽	치마 裙子	아버지 爸爸

것 東西 (指事代名詞)	모자라다 不夠，不足	다음 下一，下次

基本句型

- ㄹ래요?

疑問語尾助詞

表示疑問語尾助詞，接在動詞語幹後面，係徵求對方意見或想法時，常使用的語氣。

動詞語幹係母音結尾時加 - ㄹ래요；動詞語幹係子音結尾時加 - 을래요。（"ㄹ"除外）。

EX.

◆ A: 나는 백화점에 가요 . 민지 씨도 같이 갈래요?

B: 네 , 좋아요 .

中 A: 我要去百貨公司。 敏智你也要一起去嗎？

B: 好啊。

◆ A: 커피 한 잔 마실래요?

B: 네 , 좋아요 .

中 A: 要喝咖啡嗎？

B: 好啊。

◆ A: 뭘 먹을래요?

B: 돌솥비빔밥을 먹을래요 .

中 A: 要吃什麼？

B: 要吃石鍋拌飯。

◆ A: 김치찌개를 먹을래요?

B: 아니요 , 불고기를 먹을래요 .

中 A: 要吃泡菜鍋嗎？

B: 不，我要吃烤肉。

- 에서 從 / 在

表示"從 / 在"的意思，係接在地點、場所、位置後之語助詞。

EX. - 에서 從

◆ 이정은 씨는 어디에서 왔어요？

中 李廷恩小姐是從哪裡來的？

（李廷恩小姐是哪裡人？）

◆ 이정은 씨는 한국에서 왔어요.

中 李廷恩小姐是從韓國來的。

（李廷恩小姐是韓國人。）

◆ 미국에서 편지가 왔어요.

中 信是從美國來的。

◆ 서울에서 전화가 왔어요.

中 電話是從首爾來的。

- 에서 在（後接動作）

◆ 나는 학교에서 공부해요.

中 我在學校做功課（唸書）。

◆ 형은 방에서 음악을 듣고 있어요.

中 哥哥正在房裡聽音樂。

◆ 동생은 식당에서 밥을 먹어요.

中 弟弟（妹妹）在餐廳吃飯。

◆ 언니는 부엌에서 그릇을 씻어요.
中 姊姊在廚房洗碗。

◆ 오빠는 방에서 신문을 봐요.
中 哥哥在房裡看報紙。

◆ 동생은 욕실에서 손을 씻어요.
中 弟弟在浴室洗手。

◆ 형은 방에서 공부를 해요.
中 哥哥在房裡做功課（唸書）。

◆ 우리는 커피숍에서 커피를 마셔요.
中 我們在咖啡廳喝咖啡。

◆ 언니는 빵집에서 우유를 사요.
中 姊姊在麵包店買牛奶。

- ㄹ까 하다　打算想要…

表示內心有所打算的語氣詞，接在動詞語幹後面，係心裡有所打算或想法而有猶豫、思考不確定因素存在時，常使用的語氣。

EX.　◆ 저는 청바지를 살까 해요.
中 我打算要買牛仔褲。

◆ 구두를 한 켤레 살까 해요.
中 我打算要買一雙皮鞋。

◆ 티셔츠를 한 장 살까 해요.

中 我打算要買一件 T 恤。

◆ 커피잔을 한 세트 살까 해요.

中 我打算要買一套咖啡杯。

-고 싶다 想要…

接在動詞語幹之後，表示說話者的意圖、需求、希望，通常使用於第一、二人稱。第三人稱則用 - 고 싶어하다。

◆ 배가 고파요. 밥을 먹고 싶어요.

中 肚子餓。我想吃飯。

◆ 피곤해요. 자고 싶어요.

中 疲倦（累）。我想睡覺。

◆ 목이 말라요. 물을 마시고 싶어요.

中 口渴。我想喝水。

◆ 설악산은 아름다워요.

설악산에 가고 싶어요.

中 雪嶽山很美。我想去雪嶽山。

◆ 어머니가 그리워요.

어머니가 보고 싶어요.

中 想念媽媽。我想見媽媽。

◆ 영화를 보러 <mark>가고 싶어요</mark>.

中 我想去看電影。

◆ 동생도 영화를 보러 <mark>가고 싶어해요</mark>.

中 弟弟也想去看電影。

- 나요 ? 疑問語尾語助詞

表示疑問語尾助詞，接在動詞語幹後面，係詢問對方意見或想法時，常使用的語氣。

EX. ◆ A: 아버지 것은 안 <mark>사나요</mark> ?

B: 돈이 모자라서 못 사요. 다음에 사려고요.

中 A: 不買爸爸的東西嗎？

B: 錢不夠，沒辦法買。我想下次再買。

◆ A: 한국어를 <mark>아시나요</mark> ?

B: 네, 조금 압니다.

中 A: 您懂韓國話嗎？

B: 是的，懂一些。

◆ A: 내일 부산에 <mark>가시나요</mark> ?

B: 네, 내일 부산에 갈 거예요.

中 A: 明天去釜山嗎？

B: 是的，明天去釜山。

◆ A: 지금 밖에 비가 <mark>오나요</mark> ?

B: 네, 밖에 비가 와요.

中 A: 現在外面下雨嗎？

　　B: 是的，外面下雨。

**부처님
가운데 토막.**
（喻）菩薩心腸。

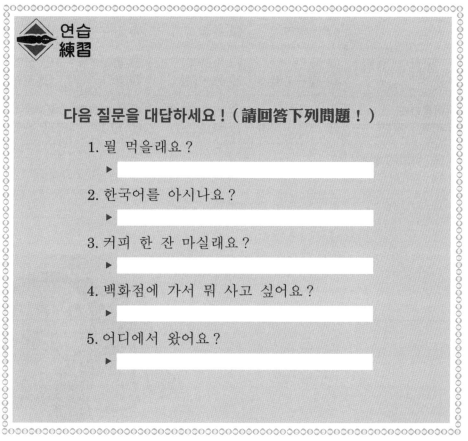

연습
練習

다음 질문을 대답하세요！（請回答下列問題！）

1. 뭘 먹을래요?
▶

2. 한국어를 아시나요?
▶

3. 커피 한 잔 마실래요?
▶

4. 백화점에 가서 뭐 사고 싶어요?
▶

5. 어디에서 왔어요?
▶

새단어
新生字

韓 한 잔 中 一杯	韓 돌솥비빔밥 中 石鍋拌飯	韓 김치찌개 中 泡菜鍋	韓 불고기 中 烤肉	韓 미국 中 美國
韓 편지 (片紙) 中 信	韓 전화 中 電話	韓 방 中 房間	韓 형 (兄) 中 哥哥	韓 부엌 中 廚房
韓 동생 (同生) 中 弟弟或妹妹	韓 그릇 中 碗	韓 씻다 中 洗	韓 오빠 中 哥哥	韓 욕실 中 浴室
韓 내일 (來日) 中 明天	韓 가게 中 店舖、店	韓 청바지 中 牛仔褲	韓 켤레 中 雙 (量詞)	韓 티셔츠 中 T 恤
韓 한 장 中 一件	韓 커피잔 中 咖啡杯	韓 한 세트 中 一套	韓 배 中 肚子	韓 고프다 中 餓
韓 피곤하다 (疲困) 中 累	韓 목 中 脖子；喉嚨	韓 마르다 中 乾，渴	韓 물 中 水	韓 설악산 中 雪嶽山
韓 아름답다 中 美麗，漂亮	韓 그립다 中 懷念，想念	韓 영화 (映畫) 中 電影	韓 싶어하다 中 想要	韓 우리 中 我們
韓 내 (나의的縮寫) 中 我				

오늘 시간 있어요?
第8課 今天有時間嗎? ▶1-8

본문 本文

민지 : 용성 씨, 오늘 시간 있어요?

용성 : 오전은 좀 바빠요.

　　　 오후에는 괜찮아요. 왜요?

민지 : 괜찮으면, 같이 영화 보러 갈까요?

용성 : 그런데, 저녁 때 서옥 씨랑 약속이

　　　 있어요.

민지 : 그럼, 서옥 씨도 같이 가면 어떨까요?

용성 : 서옥 씨한테 한 번 물어볼게요.

민지 : 그래요. 한 번 물어보세요.

龍成,你今天有空
（時間）嗎?
上午有點兒忙。

下午還可以。怎麼了?

可以的話,一起去看電
影好嗎?
但是,傍晚的時候,我
跟瑞玉有約。

那麼,瑞玉也一起去怎
麼樣（好嗎）?
我問一下瑞玉看看。

好啊。請你去問看看。

| 제 8 과 (제팔과) 第八課 | 오늘 今天 | 바쁘다 忙 | 오후 (午後) 下午 |

| 괜찮다 沒關係 ; 不要緊 ; 不錯 | 왜 為什麼 | 저녁 傍晚 | 때 時候 |

| 그럼 那麼 | 어떻다 怎樣 , 如何 | 그렇다 那樣 | 한 번 一次 |

기본문형 基本句型

- 에

在 (表示時點的助詞)
通常是在敘述事件發生時的時點助詞,但是若
出現：지금 (現在),어제 (昨天),오늘 (今天),
내일 (明天),언제 (何時) 等的字眼時,則省
略不用。

EX. ◆ A: **몇 시에** 만나요 ?

B: 여섯 시 반에 만나요 .

中 A: 幾點見面 ?

B: 六點半見面 。

◆ A: **일요일에** 뭘 해요 ?

B: 친구와 같이 산에 갈 거예요 .

中 A: 星期天做什麼 ?

B: 要和朋友去爬山 。

◆ A: **오후에** 시간이 있어요 ?

B: 미안해요 , 시간이 안돼요 .

中 A: 下午有時間嗎 ?

B: 對不起 ,（有事情而）沒空 。

◆ A: **아침에** 밥을 먹었어요 ?

B: 아니요 , 빵을 먹었어요 .

中 A: 早上吃飯了嗎 ?

B: 不 , 吃麵包了 。

◆ A: **오늘** 수업이 있어요 ?

B: 네 , 수업이 있어요 .

中 A: 今天有課嗎 ?

B: 是的 , 有課 。

◆ A: **지금** 비가 와요 ?

B: 아니요 , 비가 안 와요 .

中 A: 現在下雨嗎？

B: 不，沒下雨。

◆ A: <mark>내일</mark> 병원에 가요？

B: 아니요, 모레 가요.

中 A: 明天去醫院嗎？

B: 不，後天去。

◆ A: <mark>언제</mark> 시험이 있어요？

B: 내일 있어요.

中 A: 什麼時候有考試？

B: 明天有。

◆ A: <mark>몇 시에</mark> 학교에 가요？

B: 여덟 시에 학교에 가요.

中 A: 幾點去學校？

B: 八點去學校。

◆ A: <mark>언제</mark> 친구를 만나요？

B: 오늘 오후에 친구를 만나요.

中 A: 什麼時候見朋友？

B: 今天下午見朋友。

-(으)러 가다 **去⋯做⋯**

"-(으)러"接在動詞之後,為了表示⋯目的的意思。其後通常會接가다、오다、다니다,或是連接가다、오다、다니다等的複合動詞。動詞語幹係母音結尾時,加-러;子音結尾時,加-으러。

> 註:若尾音為"ㄹ"時,直接加-러

EX.

◆ A: 뭐 하러 커피숍에 가요?

B: 친구 만나러 커피숍에 가요.

中 A:(你)去咖啡館做什麼?

B:(我)去咖啡館見朋友。

◆ A: 어디 가요?

B: 한국어를 배우러 학교에 가요.

中 A:你去哪兒?

B:我去學校學韓語。

◆ A: 동생은 어디 갔어요?

B: 동생은 영화를 보러 극장에 갔어요.

中 A:弟弟去哪兒了?

B:弟弟去戲院看電影了。

◆ A: 누가 우리집에 와요?

B: 수미가 저를 만나러 우리집에 와요.

中 A:誰來我們家?

B:秀美來我們家見我。

◆ A: 요즘 뭐 하세요?

B: 저는 매일 운동을 하러 공원에 가요.

⊕ A: 您最近做些什麼?

B: 我每天去公園運動。

◆ A: 정은이가 어디 갔어요?

B: 정은이는 전화를 걸러 나갔어요.

⊕ A: 廷恩去哪裡了?

B: 廷恩出去打電話了。

-(으)ㄹ까요? 疑問語尾助詞

表示 "…好嗎?",疑問語尾助詞,接在動詞語幹後面,係詢問對方意見或想法時,常使用的語氣。

動詞語幹係母音結尾時加 -ㄹ까요;動詞語幹係子音結尾時加 -을까요。

EX. ◆ A: 오늘 저녁에 영화 보러 갈까요?

B: 미안해요, 저녁에 약속이 있어요.

⊕ A: 今天傍晚去看電影好嗎?

B: 對不起,我傍晚有約會。

◆ A: 불고기를 먹을까요?

B: 네, 그러죠.

⊕ A: 吃烤肉好嗎?

B: 好啊。

◆ A: 커피를 드릴까요?

B: 아니요, 홍차로 주세요.

❸ A: 喝咖啡好嗎?

B: 不,請給我紅茶。

◆ A: 내일 만날까요?

B: 네, 내일 만납시다.

❸ A: 明天見面好嗎?

B: 好啊,明天見。

- 한테 ｜ 跟、向、對、給

通常用於對象時,可接 - 에게;一般口語化時,
常用 - 한테。

EX.

친구에게 편지를 써요.	給朋友寫信。
(＝친구한테 편지를 써요.)	
친구에게 전화를 해요.	給朋友打電話。
강아지한테 밥을 줘요.	給小狗吃飯。
새한테 물을 줘요.	給小鳥喝水。
고양이한테 우유를 줘요.	給貓喝牛奶。
선생님한테 물어보세요.	請跟老師問看看。
저한테 할 말 있으세요?	有話要跟我說嗎?
그 사람한테 전해 주세요.	請轉交給他。

-(이)랑

跟、和 (= 와 / 과 = 하고)

表示"和"的連接詞，接於名詞之間，常用於
一般口語化時。名詞係母音結尾時，加 - 랑；
名詞係子音結尾時，加 - 이랑。

EX.

◆ 이번 일요일에 아빠랑 엄마랑 여행을 갈 거예요.

中 這星期天要和爸、媽去旅行。

◆ 민지랑 혜군은 친한 친구예요.

中 敏智和惠君是好朋友。

◆ 어제 친구들이랑 영화를 봤어요.

中 昨天和朋友們看電影了。

◆ 시장에 가서 과일이랑 채소를 살 거예요.

中 要去市場買水果和蔬菜。

밑져야
본전이다.

無傷大雅。

다음 질문을 대답하세요!（請回答下列問題！）

1. 요즘 뭐 하세요？
   ▶

2. 일요일에 뭘 해요？
   ▶

3. 지금 밖에 비가 와요？
   ▶

4. 오늘 저녁에 영화 보러 갈까요？
   ▶

5. 민지랑 혜군은 친한 친구예요？
   ▶

새단어 新生字

韓 지금 中 現在	韓 어제 中 昨天	韓 여섯 中 六	韓 반 中 半	韓 일요일（日曜日） 中 星期天
韓 산 中 山	韓 아침 中 早上	韓 모레 中 後天	韓 병원（病院） 中 醫院	韓 수업（授業） 中 課業
韓 여덟 中 八	韓 배우다 中 學	韓 요즘 中 最近	韓 극장（劇場） 中 戲院	韓 매일 中 每日，每天

韓 운동 中 運動	韓 새 中 鳥	韓 나가다 中 出去	韓 홍차 中 紅茶	韓 전화를 걸다 中 打電話	韓 밖 中 外
韓 고양이 中 貓	韓 그 中 那	韓 엄마 中 媽	韓 아빠 中 爸	韓 전해 주다 中 轉交，傳達	
韓 이번 中 這次	韓 친하다 中 親密	韓 시장 中 市場	韓 과일 中 水果	韓 채소 (菜蔬) 中 蔬菜	

제9과 무슨 영화를 봤어요?
第9課　你看了什麼電影？　📀▶1-9

본문　本文

용성 : 어제 민지 씨한테 전화했었어요.	昨天我打電話給（敏智）你了。
민지 : 미안해요. 그때 집에 없었어요.	對不起。那個時候我不在家。
용성 : 그때 어디 갔어요?	那個時候你去哪裡了？
민지 : 영화를 보러 명동에 갔어요.	去明洞看電影。
용성 : 누구랑 갔어요?	和誰去了？
민지 : 혜군이랑 서옥이랑 같이 갔어요.	和惠君、瑞玉一起去了。
용성 : 무슨 영화를 봤어요?	看了什麼電影？
민지 : "태극기"를 봤어요.	看了"太極旗"。
용성 : 재미있었어요?	好看（有趣）嗎？
민지 : 네, 아주 재미있었어요.	是啊，很好看。
그리고 명동에 가서 쇼핑도	接著去明洞逛街（購物），
하고 저녁밥도 같이 먹었어요.	也一起吃了晚餐。
그래서 늦게 집에 돌아왔어요.	因此，很晚回家。

제 9 과 (제구과) 第九課	무슨 什麼 (的)	명동 明洞 (漢城鬧區)	누구 誰
태극기 太極旗	아주 很，非常，相當	쇼핑 (shopping) 購物，逛街	
그래서 因此，所以	돌아오다 回來		

基本句型

- 았 / 었 / 였 / 했

過去式

通常過去式係在動詞或形容詞形動詞的語幹加 – 았 /– 었 /– 였。語幹母音為陽音(ㅏ , ㅗ)時，加 – 았，為陰音(ㅓ , ㅜ)或中性音(ㅡ , ㅣ)時，加 – 었，附有하다的動詞則加 – 였，하 + 였다 = 했다。

EX.

◆ 민지 씨한테 전화했었어요.

㊥ 打電話給敏智了。

◆ 그때 집에 없었어요.

㊥ 那個時候不在家。

◆ 영화를 보러 명동에 갔어요.

㊥ 去明洞看電影了。

◆ 아주 재미있었어요.

㊥ 很有趣（好看）。

◆ 어제 잠을 못 잤어요.

㊥ 昨天睡得不好（沒睡好）。

누구 / 누가 **誰**
"누구" 通常當受格用，"누가" 則當主格用。

EX.

◆ A: 누구를 만났어요 ?

B: 친구를 만났어요 .

中 A: 見誰了 ?

B: 見朋友了。

◆ A: 누구 (를) 찾으세요 ?

B: 제 동생을 찾습니다 .

中 A: 找哪位 ?

B: 找我的弟弟（妹妹）。

◆ A: 저분은 누구십니까 ?

B: 할아버지이십니다 .

中 A: 那位是誰 ?

B: 是爺爺。

◆ A: 누구세요 ?

B: 접니다 .

中 A: 請問是誰 ?

B: 是我。

◆ A: 거기 누가 있어요 ?

B: 선생님이랑 학생들이 여기에 있어요 .

中 A: 那裡有誰在 ?

B: 老師和學生們在這裡。

◆ A: 누가 방을 청소했어요?

B: 언니가 방을 청소했어요.

中 A: 誰打掃房間了?

B: 姊姊打掃房間了。

◆ A: 누가 시장에 갔어요?

B: 어머니께서 시장에 갔어요.

中 A: 誰去市場了?

B: 媽媽去市場了。

◆ A: 누가 춤을 췄어요?

B: 여동생이 춤을 췄어요.

中 A: 誰在跳舞了?

B: 妹妹跳舞了。

그래서 因此、所以

 EX. ◆ 나는 한국을 좋아해요. 그래서 한국어를 공부해요.

中 我喜歡韓國,所以學韓語。

◆ 오늘 피곤해요. 그래서 일찍 자요.

中 今天很累,所以早點兒睡。

◆ 시간이 없어요. 그래서 택시를 타요.

中 沒有時間,所以搭計程車。

◆ 머리가 아파요 . 그래서 약을 먹어요 .

❶ 頭痛，所以吃藥。

◆ 나는 학생이에요 . 그래서 열심히 공부해요 .

❶ 我是學生，所以用功讀書。

◆ 날씨가 추워요 . 그래서 옷을 많이 입었어요 .

❶ 天氣冷，所以穿了很多衣服。

-게 副詞形

接在形容詞形語幹之後，變成副詞形態。

◆ 이가 심하게 아파요 .

❶ 牙齒痛得很厲害。

◆ 친구들과 재미있게 이야기를 했어요 .

❶ 和朋友們聊天聊得很有趣。

◆ 오늘은 바쁘게 일했어요 .

❶ 今天工作忙得很。

◆ 오늘 점심은 맛있게 먹었어요 .

❶ 今天的午餐很好吃。

◆ 오늘은 친구들과 기분 좋게 술을 마셨어요 .

❶ 今天和朋友們喝酒喝得很愉快。

◆ 저 남자는 옷을 아주 멋있게 입었어요 .

❶ 那個男人衣服穿得很帥氣。

文法句型充電站

動詞（形容動詞）時態與尊卑的用法：

動詞加 - 시，表示尊敬之意。而動詞時態的表現法分現在式、過去式與未來式。
過去式係在動詞或形容動詞的語幹加 - 았 /- 었 /- 였。語幹母音為陽音（ㅏ, ㅗ）時，
加 - 았，為陰音（ㅓ, ㅜ）或中性音（ㅡ, ㅣ）時，加 - 었，附有하다的動詞則加
- 였，하 + 였다 = 했다。未來式係在動詞或形容動詞的語幹加 - 겠。

肯定句的情形：

原形	尊卑	現在式	過去式	未來式
보다 (看)	極尊待 對上 對中 對下	보십니다 . 봅니다 . 봐요 . 봐 .	보셨습니다 . 봤습니다 . 봤어요 . 봤어 .	보시겠습니다 . 보겠습니다 . 보겠어요 . 보겠어 .
가다 (去)	極尊待 對上 對中 對下	가십니다 . 갑니다 . 가요 . 가 .	가셨습니다 . 갔습니다 . 갔어요 . 갔어 .	가시겠습니다 . 가겠습니다 . 가겠어요 . 가겠어 .
오다 (來)	極尊待 對上 對中 對下	오십니다 . 옵니다 . 와요 . 와 .	오셨습니다 . 왔습니다 . 왔어요 . 왔어 .	오시겠습니다 . 오겠습니다 . 오겠어요 . 오겠어 .
만나다 (見面)	極尊待 對上 對中 對下	만나십니다 . 만납니다 . 만나요 . 만나 .	만나셨습니다 . 만났습니다 . 만났어요 . 만났어 .	만나시겠습니다 . 만나겠습니다 . 만나겠어요 . 만나겠어 .
예쁘다 (漂亮)	極尊待 對上 對中 對下	예쁘십니다 . 예쁩니다 . 예뻐요 . 예뻐 .	예쁘셨습니다 . 예뻤습니다 . 예뻤어요 . 예뻤어 .	예쁘시겠습니다 . 예쁘겠습니다 . 예쁘겠어요 . 예쁘겠어 .
비싸다 (貴)	對上 對中 對下	비쌉니다 . 비싸요 . 비싸 .	비쌌습니다 . 비쌌어요 . 비쌌어 .	비싸겠습니다 . 비싸겠어요 . 비싸겠어 .

原形	尊卑	現在式	過去式	未來式
듣다 (聽)	極尊待 對上 對中 對下	들으십니다. 듣습니다. 들어요. 들어.	들으셨습니다. 들었습니다. 들었어요. 들었어.	들으시겠습니다. 듣겠습니다. 듣겠어요. 듣겠어.
먹다 (吃) 잡수시다 係먹다的 敬語型	極尊待 對上 對中 對下	잡수십니다. 먹습니다. 먹어요. 먹어.	잡수셨습니다. 먹었습니다. 먹었어요. 먹었어.	잡수시겠습니다. 먹겠습니다. 먹겠어요. 먹겠어.
입다 (穿)	極尊待 對上 對中 對下	입으십니다. 입습니다. 입어요. 입어.	입으셨습니다. 입었습니다. 입었어요. 입었어.	입으시겠습니다. 입겠습니다. 입겠어요. 입겠어.
좋다 (好)	對上 對中 對下	좋습니다 좋아요. 좋아.	좋았습니다 좋았어요. 좋았어.	좋겠습니다 좋겠어요. 좋겠어.
있다 (有)	對上 對中 對下	있습니다. 있어요. 있어.	있었습니다. 있었어요. 있었어.	있겠습니다. 있겠어요. 있겠어.
없다 (沒有)	對上 對中 對下	없습니다. 없어요. 없어.	없었습니다. 없었어요. 없었어.	없겠습니다. 없겠어요. 없겠어.
덥다 (熱)	對上 對中 對下	덥습니다. 더워요. 더워.	더웠습니다. 더웠어요. 더웠어.	덥겠습니다. 덥겠어요. 덥겠어.
많다 (多)	對上 對中 對下	많습니다. 많아요. 많아.	많았습니다. 많았어요. 많았어.	많겠습니다. 많겠어요. 많겠어.
하다 (做)	極尊待 對上 對中 對下	하십니다. 합니다. 해요. 해	하셨습니다. 했습니다. 했어요. 했어.	하시겠습니다. 하겠습니다. 하겠어요. 하겠어.

疑問句的情形：

原形	尊卑	現在式	過去式	未來式
보다 (看)	極尊待 對上 對中 對下	보십니까？ 봅니까？ 봐요？ 봐？	보셨습니까？ 봤습니까？ 봤어요？ 봤어？	보시겠습니까？ 보겠습니까？ 보겠어요？ 보겠어？
가다 (去)	極尊待 對上 對中 對下	가십니까？ 갑니까？ 가요？ 가？	가셨습니까？ 갔습니까？ 갔어요？ 갔어？	가시겠습니까？ 가겠습니까？ 가겠어요？ 가겠어？
오다 (來)	極尊待 對上 對中 對下	오십니까？ 옵니까？ 와요？ 와？	오셨습니까？ 왔습니까？ 왔어요？ 왔어？	오시겠습니까？ 오겠습니까？ 오겠어요？ 오겠어？
만나다 (見面)	極尊待 對上 對中 對下	만나십니까？ 만납니까？ 만나요？ 만나？	만나셨습니까？ 만났습니까？ 만났어요？ 만났어？	만나시겠습니까？ 만나겠습니까？ 만나겠어요？ 만나겠어？
예쁘다 (漂亮)	極尊待 對上 對中 對下	예쁘십니까？ 예쁩니까？ 예뻐요？ 예뻐？	예쁘셨습니까？ 예뻤습니까？ 예뻤어요？ 예뻤어？	 예쁘겠습니까？ 예쁘겠어요？ 예쁘겠어？
비싸다 (貴)	對上 對中 對下	비쌉니까？ 비싸요？ 비싸？	비쌌습니까？ 비쌌어요？ 비쌌어？	 비싸겠어요？ 비싸겠어？
듣다 (聽)	極尊待 對上 對中 對下	들으십니까？ 듣습니까？ 들어요？ 들어？	들으셨습니까？ 들었습니까？ 들었어요？ 들었어？	들으시겠습니까？ 듣겠습니까？ 듣겠어요？ 듣겠어？
먹다 (吃) 잡수시다 係먹다的 敬語型	極尊待 對上 對中 對下	잡수십니까？ 먹습니까？ 먹어요？ 먹어？	잡수셨습니까？ 먹었습니까？ 먹었어요？ 먹었어？	잡수시겠습니까？ 먹겠습니까？ 먹겠어요？ 먹겠어？

原形	尊卑	現在式	過去式	未來式
입다 (穿)	極尊待 對上 對中 對下	입으십니까？ 입습니까？ 입어요？ 입어？	입으셨습니까？ 입었습니까？ 입었어요？ 입었어？	입으시겠습니까？ 입겠습니까？ 입겠어요？ 입겠어？
좋다 (好)	對上 對中 對下	좋습니까？ 좋아요？ 좋아？	좋았습니까？ 좋았어요？ 좋았어？	좋겠습니까？ 좋겠어요？ 좋겠어？
있다 (有)	對上 對中 對下	있습니까？ 있어요？ 있어？	있었습니까？ 있었어요？ 있었어？	있겠습니까？ 있겠어요？ 있겠어？
없다 (沒有)	對上 對中 對下	없습니까？ 없어요？ 없어？	없었습니까？ 없었어요？ 없었어？	없겠습니까？ 없겠어요？ 없겠어？
덥다 (熱)	對上 對中 對下	덥습니까？ 더워요？ 더워？	더웠습니까？ 더웠어요？ 더웠어？	덥겠습니까？ 덥겠어요？ 덥겠어？
많다 (多)	對上 對中 對下	많습니까？ 많아요？ 많아？	많았습니까？ 많았어요？ 많았어？	많겠습니까？ 많겠어요？ 많겠어？
하다 (做)	極尊待 對上 對中 對下	하십니까？ 합니까？ 해요？ 해？	하셨습니까？ 했습니까？ 했어요？ 했어？	하시겠습니까？ 하겠습니까？ 하겠어요？ 하겠어？

연습
練習

다음 질문을 대답하세요! (請回答下列問題!)

1. 어디 아프세요?
   ▶

2. 왜 한국어를 공부해요?
   ▶

3. 왜 옷을 많이 입었어요?
   ▶

4. 오늘 점심은 뭘 먹었어요?
   ▶

5. 오늘은 바빠요?
   ▶

6. 왜 택시를 타고 왔어요?
   ▶

7. 오늘은 친구들과 뭘 했어요?
   ▶

8. 왜 약을 먹어요?
   ▶

새단어
新生字

韓 못 (否定詞) 中 無法，不能	韓 잠을 자다 中 睡覺	韓 찾다 中 找，尋找；拜訪	韓 저분 中 那位
韓 제 (저의的縮寫) 中 我的	韓 할아버지 中 祖父，爺爺	韓 청소하다 (清掃) 中 打掃	韓 누가 中 誰
韓 여동생 (女同生) 中 妹妹	韓 좋아하다 中 喜歡	韓 택시 (taxi) 中 計程車	韓 일찍 中 早
韓 머리 中 頭，頭髮	韓 아프다 中 痛，不舒服	韓 열심히 中 用功地，努力地	韓 약 中 藥
韓 일하다 中 做事，工作	韓 심하다 中 厲害，嚴重	韓 이야기를 하다 中 說話，聊天，說故事	韓 날씨 中 天氣
韓 남자 (男子) 中 男人	韓 기분 좋다 中 愉快，心情好	韓 멋있다 中 帥氣，英挺，有品味	韓 춥다 中 冷
韓 점심 中 午餐	韓 옷 中 衣服	韓 이 中 牙齒；這；(數字) 二	韓 맛있다 中 好吃
韓 술 中 酒	韓 저 中 那		

이열치열 .
(以熱治熱) . 以毒攻毒。

✽ 韓劇大長今 (대장금) 出現過的台詞。

제 **10** 과 유머

第 10 課　幽默

▶ 1-10

課堂上沒教的
網路韓式幽默

❈ 제목 : 안과에서　　題目 : 在眼科診所
❈ 지은이 : 미상　　作者 : 不詳

할아버지 : 의사 선생님 , 제가 정말 이 안경을

쓰면 글을 읽을 수 있을까요 ?

爺　　爺 : 醫生，我戴這個眼鏡的話真的能讀懂文章嗎 ?

의　　사 : 네 , 물론입니다 .

醫　　生 : 是的，當然。

할아버지 : (감격하며) 정말 고맙습니다 .

글을 몰라도 읽을 수 있게 되었다니 .

爺　　爺 : (感激著) 真的很感謝，我不識字竟然也可以讀得懂。

의　　사 : ...

醫　　生 : …

❈ 제목 : 월급　　題目 : 月薪
❈ 지은이 : 미상　　作者 : 不詳

한 젊은이가 취직을 하게 되었다 .
有個年輕人找到工作了。

사　　장 : 지금부터 6 개월간은 25 만 원을 주고 ,

6 개월이 지나면 그때부터 30 만 원을 주겠소 .

老　闆：從現在開始的 6 個月期間會給你 25 萬元（月薪），6

個月過後，從那時開始會給你 30 萬元（月薪）。

젊은이：알겠습니다.

그럼, 6 개월 이후에 나오겠습니다.

年輕人：我明白了。

那麼，過六個月後，我再來。

| 할아버지 爺爺 | 의사 선생님 醫生 | 안경을 쓰다 戴眼鏡 | 정말 真的 |

| 글 文章，文字 | 읽다 讀，唸 | 감격하다 感激 | 월급（月給）月薪 |

| 젊은이 年輕人 | 취직（就職）就職，上班 | 사장（社長）老闆；總經理；社長 |

| 지나다 過，經過 |

 基本句型

- 면 /- 으면

要是…的話，如果…

表示假設條件，接在動詞與幹之後，母音結
尾＋면；子音結尾＋으면 。

EX.

◆ 비가 오면 소풍을 연기하겠습니다 .

⊕ 如果下雨，郊遊將會延期。

◆ 음식이 입에 맞지 않으면 다시 만들어
드리겠습니다 .

⊕ 要是菜不合您的口味，我再幫您煮。

◆ 누구든지 노력하면 성공할 수 있다 .

⊕ 任何人只要努力的話，就會成功。

竟然…，居然

表示意識到某事的同時，還包含吃驚、感嘆、憤慨等感情。

◆ 태풍이 **온다니**, 큰일이에요.

中 竟然刮颱風，大事不妙了。

◆ 저렇게 정직한 사람을 **내쫓다니**!

中 竟然把這麼正直的人趕走！

◆ 외국에서 친구를 **만나다니**, 뜻밖인데요.

中 竟然在國外遇到朋友，出乎意料之外。

◆ 이렇게 비싼 옷을 사 **주다니**, 너무 기뻐요.

中 竟然買這麼貴的衣服給我，太開心了。

◆ 그가 그러한 편지를 **쓰다니**!

中 他竟然寫了那樣的信！

새단어 新生字

韓 소풍 中 郊遊	韓 주문 (注文) 中 點 (菜)，預訂	韓 입에 맞다 中 合口味	韓 연기하다 中 延期	韓 노력하다 中 努力
韓 성공하다 中 成功	韓 큰일이다 中 大事不妙，糟糕	韓 정직하다 中 正直	韓 뜻밖이다 中 出乎意料	韓 내쫓다 中 趕走，攆走

제11과 여보세요!
第11課 喂！喂！

▶1-11

본문 本文

용성: 여보세요! 거기 민지네 집이지요?

민지언니: 네, 그런데요.

용성: 민지 좀 바꿔 주세요.

민지언니: 민지 지금 집에 없는데요.
　　　　　방금 나갔어요. 누구세요?

용성: 저 용성인데요. 혹시 민지가 어디
　　　갔는지 아세요?

민지언니: 글쎄요. 학교 도서관에 가서
　　　　　시험 준비한다고 했는데요.

용성: 그럼, 나중에 다시 전화할게요.

　　　　　(얼마 후)

용성: 여보세요! 거기 2582-3523이지요?

은정: 아닌데요. 잘못 걸었어요.
　　　여기는 2582-3532입니다.

용성: 죄송합니다.

　　　　　(다시 한 번 전화를 걸다.)

용성: 여보세요! 거기 민지 씨네 집이지요?
　　　민지 씨 좀 부탁합니다.

喂！請問是敏智家嗎？

是啊！

請敏智接電話。

敏智現在不在家，

剛出去了。請問是哪位？

-我是龍成。您曉得敏智

去哪兒了嗎？

這個嘛！她說要去學校

圖書館準備考試。

那麼，我會再打電話給她。

　　　(不久之後)

喂！請問是2582-3523嗎？

不是，您打錯了。

這裡是2582-3532。

對不起。

　　　(再打一次電話。)

喂！請問是敏智家嗎？

麻煩您請敏智聽電話。

민지언니 : 예, 잠깐만 기다리세요. 바꿔
　　　　　드릴게요.

민지 : 여보세요. 민지입니다. 누구세요?

용성 : 용성이에요.

　　　민지 씨 내일 뭐 할 거예요?

민지 : 별일 없어요. 그냥 집에 있을 거예요.
　　　그런데 무슨 일이에요?

용성 : 내일 경복궁에 가기로 했는데 같이
　　　갈래요?

민지 : 한번 생각해 볼게요.

용성 : 서옥이랑 미혜도 같이 간다고 했
　　　어요. 같이 가고 싶으면 오늘 밤
　　　9 시까지 전화해 주세요.

민지 : 예, 알겠어요. 전화 끊을게요.

好的，請稍候，我幫
您轉接。

喂！我是敏智。是哪位？

我是龍成，

敏智妳明天要做什麼？

沒什麼事。我會在家
裡，有事嗎？

我打算去景福宮，

要一起去嗎？

我想一想看。

瑞玉和美惠也說要一起
去。想一起去的話，今
晚九點以前打電話給我。

好，我知道，我要掛斷電
話了。

| 저기 那裡 | -네 …的 | 바꾸다 換，轉換 | 바꿔 주다 給換，給轉換 |

| 방금 (方今) 剛剛，剛才 | 혹시 或許，或是，也許 | 글쎄요 這個嘛！難說哦！ |

| 도서관 圖書館 | 준비 準備 | 나중에 以後 | 다시 再 | 잘못 걸다 打錯 (電話) |

| 죄송하다 對不起 | 부탁하다 (付託) 拜託 | 잠깐만 一下子 (指短暫時間的意思) |

| 기다리다 等 | 드리다 給，呈給 | 별일 없다 沒什麼事 | 일 事情，工作；日 |

| 그냥 就那樣，只是 | 웬일 怎麼 (回事) | 경복궁 景福宮 |

| -기로 하다 決定，打算 | 생각해 보다 想想看 | 전화 끊다 掛斷電話 |

基本句型

- 지요? 疑問語尾助詞，表示 "…吧 / 嗎 / 呢?"

表示疑問語尾助詞，接在動詞語幹後面，係徵求對方意見或想法時，常使用的語氣，亦可用於反問對方時。

EX.

◆ A: 여보세요! 거기 2582-3523 이지요?
　　B: 아닌데요. 잘못 걸었어요.

中 A: 喂!請問是 2582-3523 嗎?
　　B: 不是,(您)打錯了。

◆ A: 왜 이렇게 복잡하지요?
　　B: 나도 몰라요.

中 A: 為什麼這麼複雜?
　　B: 我也不知道。

◆ A: 수업이 몇 시에 시작하지요?
　　B: 두 시에 시작해요.

中 A: 幾點開始上課?
　　B: 兩點開始。

◆ A: 언제 떠나시지요?
　　B: 내일 떠날 거예요.

中 A: 您什麼時候出發(離開)?
　　B: 明天出發。

- ㄴ데요 / 는데요 / 은데요　說明形語尾助詞

表示說明原因、理由的語尾助詞，接在動詞語幹後面。
動詞語幹係母音結尾時，加 - ㄴ데요；子音結尾時，加
- 는데요 / 은데요。

EX.

◆ A: 여보세요 ! 민지 좀 바꿔 주세요 .

　B: 민지가 지금 집에 없는데요 . 누구세요 ?

中 A: 喂 ! 請敏智接電話。

　B: 敏智現在不在家，請問是哪位 ?

◆ A: 민지 씨 , 지금 만날 수 있어요 ?

　B: 지금 좀 바쁜데요 . 다음에 만나는 건 어때요 ?

中 A: 敏智，現在可以見面嗎 ?

　B: 現在有點兒忙，下次見面好嗎 ?

◆ A: 어서 오세요 ! 도와 드릴까요 ?

　B: 전 티셔츠 좀 사고 싶은데요 .

中 A: 歡迎光臨 ! 需要幫忙嗎 ?

　B: 我想買 T 恤（襯衫）。

◆ A: 날씨가 좋은데요 . 같이 소풍하러 갈래요 ?

　B: 네 , 좋아요 .

中 A: 天氣真好啊 ! 要不要一起去郊遊 ?

　B: 好啊 !

-(ㄴ/은/는/ㄹ/을)지 알다/모르다

知/不知道(到底…、是否…)

現在式的情形,接在動詞或形容動詞語幹後面。語幹係母音結尾時,加-ㄴ지 알다/모르다;子音結尾時,加-은지 알다/모르다。

但,若碰到있다/없다或帶有ㄹ不規則變化的動詞語幹時,則加-는지 알다/모르다。

過去式的情形,加-았/었는지 알다/모르다。

未來式的情形,加-ㄹ(을)지 알다/모르다。

EX. **1. 現在式的情形**

◆ A: 그분이 누군지 아세요?

　　B: 그분은 한국어 선생님이십니다.

⊕ A: 您曉得那位是誰嗎?

　　B: 那位是韓語老師。

> 註:누군지是누구인지的縮寫。

◆ A: 시험이 언제 시작되는지 알아요?

　　B: 내일부터 시험이 시작됩니다.

⊕ A: 你知道什麼時候開始考試嗎?

　　B: 從明天開始考試。

◆ A: 몇 시에 백화점 문을 여는지 아세요?

　　B: 오전 10시 반에 백화점 문을 열어요.

⊕ A: 您曉得百貨公司幾點開門嗎?

　　B: 百貨公司上午十點半開門。

◆ A: 서울 극장에서 지금 무슨 영화를 하는지 아세요?

   B: 지금 "태극기"를 상영하고 있어요.

🀄 A: 您曉得首爾戲院現在上映什麼電影嗎?

   B: 現在正在上映 "太極旗"。

2. 過去式的情形

◆ A: 민지가 어디 갔는지 아세요?

   B: 학교 도서관에 가서 시험 준비한다고 했는데요.

🀄 A: 您曉得敏智去哪兒了嗎?

   B: 她說要去學校圖書館準備考試。

◆ A: 유 선생님이 어디 가셨는지 아세요?

   B: 모르겠는데요.

🀄 A: 您曉得游老師去哪兒了嗎?

   B: 我不知道。

◆ A: 유 선생님도 오셨어요?

   B: 유 선생님이 오셨는지 잘 모르겠어요.

🀄 A: 游老師也來了嗎?

   B: 我不太清楚游老師是否來了。

◆ A: 민지가 몇 시에 나갔는지 알아요?

   B: 아니요, 몇 시에 나갔는지 잘 모르겠어요.

🀄 A: 你曉得敏智是幾點出去的嗎?

   B: 我不太清楚她是幾點出去的。

3. 未來式的情形

◆ A: 누가 다음 대통령이 될지 아세요?

B: 글쎄요, 잘 모르겠는데요.

㊥ A: 您曉得誰是下任總統嗎？

B: 這個嘛！我不知道。

◆ A: 오후에 비가 올지 눈이 올지 아세요?

B: 비가 올지 눈이 올지 모르겠어요.

㊥ A: 您曉得下午會下雨還是會下雪呢？

B: 我不清楚會下雨還是會下雪。

- 다고 하다　間接語句表現法 (聽說…)

EX.

◆ A: 민지가 어디 갔는지 아세요?

B: 학교 도서관에 가서 시험 준비한다고 했는데요.

㊥ A: 您曉得敏智去哪兒嗎？

B: 她說要去學校圖書館準備考試。

◆ A: 민지 씨, 혜군이는 저랑 명동에 가겠다고

했는데요.

같이 갈래요?

B: 미안해요. 전 약속이 있어요.

㊥ A: 敏智，惠君說要和我去明洞，要一起去嗎？

B: 對不起，我有約會。

◆ A: 민지야 ! 할머니 오신다고 했는데 얼른 마중
　　　나갈 준비해라 !

　B: 네 , 알았어요 .

㊥ A: 敏智啊 ! 奶奶說她要來，趕快準備去迎接吧 !

　B: 好的 ! 我知道了。

◆ A: 일기예보에서 오후에 비가 온다고 하던데요 .
　　　나갈때 우산 꼭 가지고 가세요 .

　B: 예 , 알았어요 .

㊥ A: 天氣預報說下午會下雨。
　　　外出時，請一定要帶雨傘。

　B: 好的 ! 我知道了。

- ㄹ / 을 거예요

未來式語尾詞 (將要…、會…)

表示 "將要…、會…" 的意思，屬於未來式語尾詞，通常接在動詞語幹後面，可表現於疑問句或肯定句時。動詞語幹係母音結尾時，加 - ㄹ 거예요，而子音結尾時，加 - 을 거예요。

EX.

◆ A: 민지 씨 , 일요일에 뭐 할 거예요 ?

　B: 가족들이랑 같이 여행을 갈 거예요 .

㊥ A: 敏智，妳星期天要做什麼 ?

　B: 要和家人一起去旅行。

◆ A: 내일 뭐 할 거예요 ?

　B: 그냥 집에 있을 거예요 .

中 A: 明天你要做什麼？

B: 我會在家。

◆ A: 어디에 갈 거예요 ?

B: 회사에 갈 거예요 .

中 A: 你要去哪兒？

B: 我要去公司。

◆ A: 뭘 먹을 거예요 ?

B: 김치찌개 먹을 거예요 .

中 A: 你要吃什麼？

B: 要吃泡菜鍋。

| - ㄹ / 을게요 | **未來式語尾詞 (將…、會…、來…)** |

表示 "將要…、會…、來…" 的意思，屬
於未來式語尾詞，通常接在動詞語幹後面，
表現於肯定句時。動詞語幹係母音結尾時，
加 **- ㄹ게요**，子音結尾時，加 **- 을게요**。

EX. ◆ A: 이거 좀 도와주실래요 ?

B: 네, 도와드릴게요 .

中 A: 這個請幫忙一下好嗎？

B: 好，我來幫（助）你。

◆ A: 여보세요 . 민지 씨 좀 바꿔 주실래요 ?

B: 네, 잠깐만 기다리세요 . 바꿔 드릴게요 .

中 A: 喂！請轉接敏智小姐。

B: 好的，請稍候，我為您轉接。

◆ A: 내일 회사에 오고 싶으면 연락 주세요.

B: 예, 연락드릴게요.

🀄 A: 明天您要是想來公司，請連絡我。

B: 好的，我會連絡您。

◆ A: 죄송하지만, 물 좀 갖다 주시겠어요?

B: 네, 갖다 드릴게요.

🀄 A: 對不起，請給我一些水好嗎？

B: 好的，我拿給您。

꿩도 먹고 알도 먹고, 도랑 치고 가재 잡고.
大小通吃，一網打盡。

❖ 韓劇新娘 18 歲 (낭랑 18 세) 出現過的台詞。

다음 질문을 대답하세요! (請回答下列問題!)

1. 좀 도와주실래요?
   ▶
2. 죄송하지만, 물 좀 갖다 주시겠어요?
   ▶
3. 일요일에 뭐 할 거예요?
   ▶
4. 누가 다음 대통령이 될런지 아세요?
   ▶
5. 오늘 저녁에 뭘 먹을 거예요?
   ▶

새단어
新生字

韓 여보세요	韓 시작 (始作)	韓 도와 드리다	韓 소풍	韓 그분
中 喂	中 開始	中 給幫忙	中 郊遊	中 那位
韓 - 부터	韓 상영	韓 눈	韓 문	韓 열다
中 從… (開始)	中 上映，上演	中 雪；眼	中 門	中 開
韓 일기예보	韓 할머니	韓 - ㄹ 때 …	韓 마중	韓 우산
中 氣象預報	中 祖母，奶奶	中 的時候	中 迎接	中 雨傘

| 韓 - ㄹ 수 있다 中 可以…，能夠… | 韓 대통령 (大統領) 中 總統 | 韓 갖다 中 帶，持有 | 韓 얼른 中 快 |
| 韓 - 고 있다 中 正在…(現在進行式) | 韓 가지다 中 帶，持有 | 韓 도와주다 中 給幫忙 | |

文法句型充電站

間接語句的用法：

	類型 (유형)	例句 (예문)
敍述句 (서술문)	…다고 하다 …ㄴ / 는다고 하다 …(이) 라고 하다	✽ 돌아간다고 해요 . 　(他) 說要回去。 ✽ 잔다고 해요 . 　(他) 說要睡覺。 ✽ 이것은 연필이라고 해요 . 　這個東西叫做鉛筆。
疑問句 (의문문)	…(으) 냐고 하다 …(느) 냐고 하다 …(이) 냐고 하다	✽ 맛이 괜찮으냐고 해요 . 　(他) 問味道是否不錯。 ✽ 누가 물었느냐고 합니다 . 　(他) 問 (問題) 是誰問的。 ✽ 저것이 무엇이냐고 합니다 . 　(他) 問那是什麼東西。？
勸誘句 (청유문)	…자고 하다	✽ 놀러 가자고 합니다 . 　(他) 說一起去玩吧！ ✽ 숙제하자고 합니다 . 　(他) 說一起做功課吧！
命令句 (명령문)	…(으) 라고 하다	✽ 집에 있으라고 해요 . 　(他) 說叫你 (我) 在家。 ✽ 물건을 놓으라고 해요 . 　(他) 說叫你 (我) 把東西放下。

제12과 어제 재미있었어요?
第12課 昨天好玩嗎?

▶ 1-12

용성 : 수미 씨, 어제 왜 안 왔어요?

秀美妳昨天怎麼沒來?

혜군이한테서 연락 못 받았어요?

惠君沒連絡妳嗎?

수미 : 아니요, 연락 받았어요.

她有連絡我。

용성 : 그런데, 왜 안 왔어요?

那妳為何不來?

놀러 가기 싫었어요?

不喜歡出去玩嗎?

수미 : 그게 아니라, 우리 집에 제사가

不是啦,我們家有拜拜。

있었어요.

그래서 집에서 엄마랑 제사 준비

所以我和媽媽在家準備拜拜。

를 했어요.

그런데, 어제 재미있었어요?

那昨天好玩嗎?

용성 : 예, 아주 재미있었어요.

是啊,很好玩。

경복궁 현장에서 TV 드라마 촬

我們甚至連電視劇在景福宮現場的拍攝都看到了。

영까지 다 구경했어요.

수미 : 같이 못 가서 너무 아쉽네요.

沒一起去,太可惜了。

용성 : 다음번엔 꼭 같이 가요.

下次一定要去哦。

수미 : 네, 그럴게요.

好啊。

안 不 (否定詞)	–한테서 從…	연락 連絡	받다 得到，接受，收
놀러가다 去玩	싫다 不喜歡，討厭	제사 (祭祀) 拜拜	현장 現場
드라마 (drama) 戲劇，連續劇	촬영 攝影，拍攝	–까지 連…；到…為止
다 都，全	구경하다 (求景) 參觀，逛	너무 太	안타깝다 可惜

基本句型

안 **不 (否定詞)**
表示 "不" 的意思，接在動詞前面。(主觀意識)

EX.

◆ A: 수미 씨 , 어제 왜 안 왔어요 ?

B: 일이 있어서 못 갔어요 .

中 A: 秀美妳昨天怎麼沒來 ？

B: 我有事，所以沒辦法去了。

◆ A: 친구를 만나요 ?

B: 아니요 , 안 만나요 .

中 A: 你見朋友嗎 ？

B: 不，不見。

◆ A: 밥을 먹어요 ?

B: 아니요 , 안 먹어요 .

中 A: 你吃飯嗎 ？

B: 不，我不吃。

◆ A: 텔레비전을 봐요 ?

B: 아니요 , 안 봅니다 .

中 A: 看電視嗎？

B: 不，不看。

◆ A: 우유를 마셔요？

B: 아니요, 안 마셔요.

中 A: 喝牛奶嗎？

B: 不，不喝。

◆ A: 옷이 예뻐요？

B: 아니요, 안 예뻐요.

中 A: 衣服漂亮嗎？

B: 不，不漂亮。

◆ A: 음악을 들어요？

B: 아니요, 안 들어요.

中 A: 聽音樂嗎？

B: 不，不聽。

◆ A: 날씨가 좋아요？

B: 아니요, 안 좋아요.

中 A: 天氣好嗎？

B: 不，不好。

◆ A: 사람이 많아요？

B: 아니요, 안 많아요.

中 A: 人多嗎？

B: 不，不多。

◆ A: 우리 바다에 놀러 갈까요 ?

  B: 별로 안 가고 싶어요 .

㊥ A: 我們去海邊玩好嗎 ?

  B: 我不太想去。

◆ A: 왜 밥을 안 먹어요 ?

  B: 배가 아파서 먹을 수가 없어요 .

㊥ A: 你為何不吃飯 ?

  B: 因為肚子痛，所以吃不下。

◆ A: 이 노래 들어봤어요 ?

  B: 아니요 . 안 들어봤어요 .

㊥ A: 你聽過這首歌嗎 ?

  B: 不，沒聽過。

- 까지 다   連…都、到…都

EX. ◆ 머리부터 발끝까지 다 예뻐요 .

㊥ 從頭到腳都漂亮。

◆ 그 사람은 영어 , 한국어까지 전부
  다 말할 줄 알아요 .

㊥ 他連英語、韓語全都會說。

◆ 이제 종점까지 다 왔습니다 .

㊥ 現在終點站到了。

◆ 이것까지 전부 다 사실 거예요 ?

🀄 您連這個全都要買嗎 ?

- 한테서 **從 (某人)**

表示 "從 (某人)…" 的意思，接在人稱之後，
在會話中，通常比較常用 **- 한테서**，也可用 **-
에게서**。

EX.

◆ A: 어제 누구한테서 전화가 왔어요 ?

　 B: 혜군이한테서 전화가 왔어요 .

🀄 A: 昨天誰來電話了 ?

　 B: 惠君來電話了。

◆ A: 이 선물은 누구한테서 받았어요 ?

　 B: 누나한테서 받았어요 .

🀄 A: 這禮物是誰給的 ?

　 B: 是姊姊給的。

◆ A: 누구한테서 한국말을 배웠어요 ?

　 B: 선생님한테서 배웠어요 .

🀄 A: 韓國話是跟誰學的 ?

　 B: 是跟老師學的。

◆ A: 누구한테서 편지가 왔어요 ?

　 B: 어머니한테서 편지가 왔어요 .

🀄 A: 誰來信了 ?

　 B: 媽媽來信了。

-못

無法、不能、不會（否定詞）
表示"不"的意思，接在動詞前面。（非主觀意願）

EX.

◆ A: 민지 씨, 왜 안 와요?

　 B: 감기에 걸려서 못 가요.

🀄 A: 敏智妳為什麼不來？

　 B: 因為感冒，所以沒辦法來。

◆ A: 민지 씨, 수영을 잘 해요?

　 B: 전 수영을 못 해요.

🀄 A: 敏智妳很會游泳嗎？

　 B: 我不會游泳。

◆ A: 민지 씨, 내일 우리집에 올 거지요?

　 B: 시간이 없어서 내일 못 갑니다.

🀄 A: 敏智妳明天會來我們家吧？

　 B: 因為沒時間，所以明天沒辦法去。

◆ A: 왜 테니스를 안 치세요?

　 B: 비가 와서 테니스를 못 합니다.

🀄 A: 您為何不打網球？

　 B: 因為下雨，所以無法打網球。

◆ A: 왜 산에 안 올라가요?

　 B: 바람이 너무 많이 불어서 못 올라가요.

🀄 A: 你為何不上山呢？

　 B: 因為風颳得太大，所以上不去。

◆ A: 왜 노래 안 해요?

B: 저는 노래도 못 하고 춤도 못 춰요.

中 A: 你為何不唱歌?

B: 我既不會唱歌,也不會跳舞。

◆ A: 이 신발은 잘 맞아요?

B: 이 신발은 작아서 못 신어요.

中 A: 這鞋子很合適嗎?

B: 這鞋子太小了,穿不下。

◆ A: 혜군 씨, 한국말을 잘해요?

B: 전 한국말을 잘 못해요.

中 A: 惠君,你很會說韓國話嗎?

B: 我不太會說韓國話。

-기 싫다 **不喜歡、不想、討厭**

表示 "不喜歡、不想、討厭" 的意思,接在動詞語幹後面。

 ◆ A: 왜 도서관에 안 왔어요?

B: 공부하기 싫어서요.

中 A: 你為何沒來圖書館?

B: 因為我不想唸書。

◆ A: 왜 운동장에 안 왔어요?

B: 운동하기 싫어서요.

中 A: 你為何沒來運動場？
B: 因為我不喜歡運動。

◆ A: 왜 빵을 안 먹어요 ?
B: 먹기 싫어서요.
中 A: 你為何不吃麵包？
B: 因為我不想吃。

◆ A: 왜 등산 안 가요 ?
B: 등산 가기 싫어서요.
中 A: 你為何不去爬山？
B: 因為我不喜歡爬山。

◆ 재미없는 영화는 정말 보기 싫어요.
中 我真的不想看沒趣的電影。

◆ 귀찮아서 아무것도 하기 싫어요.
中 因為很煩，什麼都不想做。

◆ 밖에 비가 와서 나가기 싫어요.
中 因為外面下雨，所以不想出去。

◆ 이 물건이 너무 오래되어서 사기 싫어요.
中 因為這東西太老舊了，我不想買。

- 네요 　啊！呢！（感嘆語尾助詞）

EX.

◆ 한국말을 잘하시네요!

㊥ 您韓國話講得真好啊！

◆ 일찍 오셨네요!

㊥ 您來得真早啊！

◆ 같이 못 가서 너무 아쉽네요!

㊥ 沒一起去，太可惜了。

◆ 한국어 발음이 참 어렵네요!

㊥ 韓語發音真難啊！

◆ 이 커피숍 분위기가 참 좋네요!

㊥ 這家咖啡館氣氛真好啊！

◆ 이 문제는 초등학생이 풀기에는 어렵겠네요.

㊥ 國小學生要解這道問題，會有困難哦！

◆ 이 인형 정말 귀엽네요.

㊥ 這娃娃真可愛啊！

◆ 이 강아지가 말을 정말 잘 듣네요.

㊥ 這隻狗真聽話啊！

◆ 내일 바빠서 시간이 없을 거 같네요.

㊥ 因為明天太忙了，好像沒空呢！

연습 練習

다음 질문을 대답하세요!(請回答下列問題！)

1. 한국말을 잘해요?
   ▶

2. 누구한테서 한국말을 배웠어요?
   ▶

3. 날씨가 좋아요?
   ▶

4. 수영을 잘해요?
   ▶

5. 노래를 잘해요?
   ▶

6. 왜 이 물건을 안 사요?
   ▶

7. 왜 등산 안 가요?
   ▶

韓 텔레비전	韓 날씨	韓 바다	韓 발끝	韓 별로
中 電視	中 天氣	中 海	中 腳底	中 沒…，不太… （後接否定詞）
韓 이것	韓 영어	韓 이제	韓 종점	韓 - ㄹ 줄 알다
中 這個 (東西)	中 英語	中 現在	中 終點站	中 會；以為，認為
韓 선물 (膳物)	韓 전부	韓 누나	韓 한국말	韓 선생님
中 禮物	中 全部	中 姊姊	中 韓國話	中 老師，先生
韓 감기 걸리다	韓 잘하다	韓 바람	韓 못하다	韓 수영 (水泳)
中 感冒	中 很會…	中 風	中 無法；不會…	中 游泳
韓 맞다	韓 작다	韓 불다	韓 신발	韓 테니스를 치다
中 合，適合；對	中 小	中 吹，颳	中 鞋子	中 打網球
韓 등산	韓 신다	韓 정말	韓 귀찮다	韓 재미없다
中 登山，爬山	中 穿 (鞋)	中 真的	中 煩，麻煩	中 沒趣，不好玩
韓 물건 (物件)	韓 발음	韓 참	韓 오래되다	韓 커피숍 (coffee shop)
中 東西	中 發音	中 真	中 老舊	中 咖啡館
韓 인형 (人形)	韓 어렵다	韓 문제	韓 분위기	韓 초등학생 (初等學生)
中 娃娃	中 難	中 問題	中 氣氛	中 國小學生
韓 귀엽다	韓 풀다	韓 강아지	韓 같다	
中 可愛	中 解 (題)	中 小狗	中 像，似乎	

두 손뼉이
맞아야
소리가 난다.
兩個巴掌才會響。

본문 本文

（공항에서）	（在機場）
운전사：어서 오십시오!	歡迎光臨！
민지：기사님, 동대문으로 가 주세요.	先生，請載我去東大門。
운전사：예, 어서 타세요.	好的，請上車。
민지：동대문까지 가려면 시간이 많이 걸리나요?	到東大門要花很久的時間嗎？
운전사：한 시간 반 정도 걸릴 거예요.	大約要花一個半鐘頭。
민지：좀 빨리 가 주실 수 없을까요?	您能否開快點兒？
운전사：저도 빨리 가 드리고 싶은데, 지금 길이 막히는 시간이라서 갈 수가 있어야지요.	我也想快點載您去那兒，但現在是交通顛峰時間，要走得動才行啊。
민지：큰일 났네! 세 시까지 가야 되는데…	真糟糕！我三點以前要抵達才行啊…
운전사：세 시까지 갈 수 있으니까, 걱정하지 마세요.	三點以前會抵達，您不用擔心。
（동대문에서）	（在東大門）
운전사：동대문에 다 왔는데, 어느 쪽으로 가시려고요?	東大門到了，請問您要往哪邊走？
민지：종로 5 가로 가 주세요.	請往鐘路 5 街的方向走。

운전사 : 네 , 알겠습니다 .

민지 : 저기 사거리에서 똑바로 가 주세요 .

저 은행 앞에서 세워 주세요 .

운전사 : 예 , 다 왔습니다 . 감사합니다 .

안녕히 가십시오 .

민지 : 수고하셨습니다 .

好，我知道了。

請在那個十字路上一直往前走。請在那銀行前面停車。

好，到了。謝謝您。

再見。

您辛苦了。

운전사 (運轉士) 司機　　동대문 東大門　　아저씨 大叔 (歐吉桑)

정도 (程度) 左右　　빨리 快速地，快快地　　길 路　　막히다 阻，塞 (被動態)

큰일 나다 糟糕，大事不妙　　세 시 三點 (鐘)　　걱정하다 擔心　　어느쪽 哪邊

종로 5 가 鐘路 5 街　　네거리 十字路　　똑바로 一直，直直地

세우다 停 ; 建立　　수고하다 辛苦

 基本句型

- 로 / 으로

表示方向的語助詞

示方向的語助詞，有 "往…、向…" 的意思，接在名詞之後。名詞係母音結尾時，接 – 로；子音結尾時，接 – 으로。

 ◆ 이번 여름에는 바닷가로 놀러가요 .

中 這個夏天去海邊玩。

◆ 지하철역은 어디로 갑니까 ?

　⊕ 地鐵站要往哪裡走？

　◆ 앨버트 선생님이 이리로 오고 있어요 .
　⊕ 愛伯特先生正往這裡走來。

　◆ 저쪽으로 앉으십시오 .
　⊕ 請往那邊坐！

　◆ 이쪽으로 오십시오 .
　⊕ 請往這邊來！

　◆ 학교 쪽으로 걸어가요 .
　⊕ 往學校方向走去。

　◆ 이 층으로 올라가십시오 .
　⊕ 請往二樓上去！

　◆ 안으로 들어가십시오 .
　⊕ 請往裡面進去！

- ㄹ / 을 수 있다 / 없다

可 / 不可、能 / 不能；
會 / 不會

動詞語幹係母音結尾時，接 - ㄹ；
子音結尾時，接 - 을。

EX.　◆ 기사 아저씨 좀 빨리 가 주실 수 없을까요 ?
　⊕ 司機先生您能否開快點兒？

◆ 지금 길이 막히는 시간이라서 갈 수가 있어야지요.
⊕ 現在是交通顛峰時間，要走得動才行啊。

◆ 세 시까지 갈 수 있으니까 걱정하지 마세요.
⊕ 三點以前會抵達，您不用擔心。

◆ 피곤해서 일찍 일어날 수 없어요.
⊕ 因為太累了，無法早點起床。

◆ 한국말을 몰라서 잘 설명할 수 없어요.
⊕ 因為不會韓語，無法詳細說明。

◆ 전 한국말을 잘할 수 있어요.
⊕ 我很會說韓國話。

◆ 중국말을 잘할 수 없어요.
⊕ 我不太會說中國話。

◆ 전 매운 것을 먹을 수 있어요.
⊕ 我可以吃辣的。

◆ 오늘은 바빠서 나갈 수 없어요.
⊕ 因為今天很忙，所以不能出去。

아 / 어야

要…才…
動詞語幹母音為 ㅏ，ㅗ 時，接 - 아야；為 ㅓ，ㅜ 時，接 - 어야。

EX.
◆ 먹어 **봐야** 맛을 알지요 .
ⓐ 要吃了才知道滋味啊。

◆ 일찍 **가야** 선생님을 만날 수 있어요 .
ⓐ 要早點兒去才會見到老師。

◆ **알아야** 가르쳐 드릴 수 있지요 .
ⓐ 我要瞭解才能教您啊。

◆ 짠 음식을 **피하셔야겠어요** .
ⓐ 您要避免吃鹹的食物才行。

◆ 건강에 더 **주의해야겠어요** .
ⓐ 您要多注意健康才行。

 - 니까

因為…所以 (= - 기 때문에 = - 니)

表示原因的連接詞，接在動詞語幹之後。

EX.
◆ 오늘 월급을 **받았으니까** 술이나 한잔 합시다 .
ⓐ 因為今天領了薪水，我們去喝一杯吧。

◆ 지금 **피곤하니까** 다음에 이야기 해요 .
ⓐ 因為我現在很累，下次再說吧。

◆ 시간 **없으니까** 빨리 갑시다 .
ⓐ 因為沒時間了，快走吧。

文法句型充電站

表示前因後果的說明形最常見的表現法有：〈- 아 / 어 / 여서〉、〈- 기 때문에〉、〈- 니까〉等。茲將〈- 아 / 어 / 여서〉、〈- 기 때문에〉的用法，加強說明如下。

❶ 〈- 아 / 어 / 여서〉表示前因後果，有因為…所以…的意思。其包含的意思較為廣泛，通常接於用言 (動作動詞、狀態動詞) 語幹之後。

❷ 〈- 기 때문에〉表示前因後果，也有因為…所以…的意思。和〈- 아 / 어 / 여서〉相比，〈- 기 때문에〉比較強調原因或理由，通常接於名詞或代名詞語尾之後，若為名詞形直接加上 < 때문에 > 即可；若為動作動詞或狀態動詞時，則在語幹後面加上〈- 기 때문에〉，成為動名詞形。

❸ 〈- 아 / 어 / 여서〉在使用上和〈- 기 때문에〉兩相比較的話，在大部分的話題當中，〈- 아 / 어 / 여서〉在使用上的語氣表現較為自然。韓語學習者若難以掌握語氣，拿捏不定時，原則上可使用〈- 아 / 어 / 여서〉來敘述事件的原因或理由。

例如：

❀ 머리가 아파서 병원에 가요 .
　因為頭痛，所以去醫院。

❀ 비가 많이 와서 야구를 계속 못해요 .
　因為雨下很大，所以無法繼續打棒球。

❀ 피곤해서 늦잠을 잤어요 .
　因為疲倦，所以晚起床。

❀ 술을 많이 마셔서 머리가 아파요 .
　因為喝很多酒，所以頭痛。

❀ 늦게 일어나서 지각했어요 .
　因為晚起床，所以遲到了。

❀ 일을 많이 해서 피곤해요 .
　因為做很多事，所以累。

❀ 어제 눈이 많이 와서 길이 안 좋을 거예요 .
　昨天因為下大雪，所以路況會不好。

❹ 使用〈- 아 / 어 / 여서〉時，例如：

❊ 경치가 아름다워서 좋았어요 . (○)

경치가 아름다웠어서 좋았어요 . (x)

說明：因為風景美麗，所以喜歡。看到美麗的風景，雖然是含有過去經驗
的意思，但是在表現其原因或理由時，使用基本原形即可，不需要
用過去式。

使用〈- 기 때문에〉時，例如：

❊ 좋은 경치때문에 좋았어요 . (○)

경치가 아름답기 때문에 좋았어요 . (○)

說明：因為風景美麗，所以我喜歡了。這樣的用法是可以用過去式的表現
來強調話者喜歡的原因。

- 지 말다　**不要、勿 (禁止形)**

表示 "不要、勿" 的意思，動詞語幹之後加
+ 지 말다 。

EX.

◆ 여기서 담배를 피우지 마세요 .

中 請勿在此抽煙。

◆ 지하철에서 음료수를 마시지 마세요 .

中 請勿在地鐵裡喝飲料。

◆ 수업 중에 큰소리로 떠들지 마세요 .

中 上課中請勿大聲喧嘩。

◆ 울지 말고 들어 보세요 .

中 不要哭 (叫)，請聽聽看。

◆ 운전하기 전에 술 마시지 마세요 .

中 開車前請勿喝酒。

文法句型充電站

原形	尊卑	勸誘、禁止形	禁止形（中譯）
가다 （去）	極尊待 對上 對中 對下	가지 마십시오！ 가지 마세요！ 가지 마시오！ 가지 마라！ 가지 마！	請不要走吧！ 請不要走！ 不要走（去）吧！ 別走（去）！ 別走（去）！
보다 （看）	極尊待 對上 對中 對下	보지 마십시오！ 보지 마세요！ 보지 마시오！ 보지 마라！ 보지 마！	請不要看吧！ 請不要看！ 不要看吧！ 別看！ 別看！
하다 （做）	極尊待 對上 對中 對下	하지 마십시오！ 하지 마세요！ 하지 마시오！ 하지 마라！ 하지 마！	請不要做吧！ 請不要做！ 不要做吧！ 別做！ 別做！
쓰다 （寫）	極尊待 對上 對中 對下	쓰지 마십시오！ 쓰지 마세요！ 쓰지 마시오！ 쓰지 마라！ 쓰지 마！	請不要寫吧！ 請不要寫！ 不要寫吧！ 別寫！ 別寫！

人生最高境界

9988234

99 세까지 팔팔하게 살다가 2-3 일 아픈뒤 하늘나라로 갑시다 .
生龍活虎地活到 99 歲，生病兩三天後，上天堂吧。

原形	尊卑	勸誘、禁止形	禁止形 (中譯)
울다 (哭)	極尊待 對上 對中 對下	울지 마십시오 ! 울지 마세요 ! 울지 마시오 ! 울지 마라 ! 울지 마 !	請不要哭吧 ! 請不要哭 ! 不要哭吧 ! 別哭 ! 別哭 !
울다 (哭)	極尊待 對上 對中 對下	울지 마십시오 ! 울지 마세요 ! 울지 마시오 ! 울지 마라 ! 울지 마 !	請不要哭吧 ! 請不要哭 ! 不要哭吧 ! 別哭 ! 別哭 !
믿다 (相信)	極尊待 對上 對中 對下	믿지 마십시오 ! 믿지 마세요 ! 믿지 마시오 ! 믿지 마라 ! 믿지 마 !	請勿相信 ! 請不要相信 ! 不要相信吧 ! 別相信 ! 不要相信 !

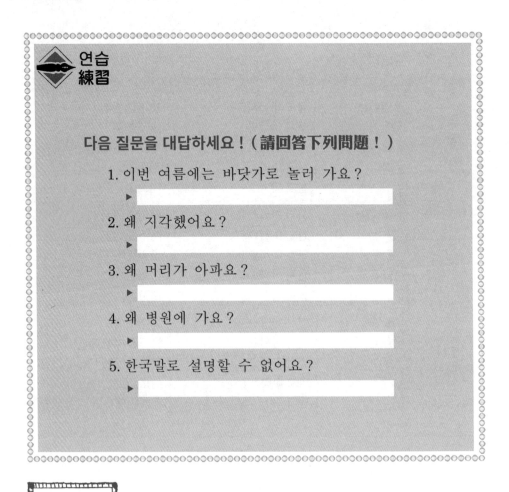

연습 練習

다음 질문을 대답하세요! (請回答下列問題!)

1. 이번 여름에는 바닷가로 놀러 가요?
   ▶

2. 왜 지각했어요?
   ▶

3. 왜 머리가 아파요?
   ▶

4. 왜 병원에 가요?
   ▶

5. 한국말로 설명할 수 없어요?
   ▶

새단어 新生字

韓	韓	韓	韓	韓
저쪽	일어나다	이번	여름	바닷가
中 那邊	中 起床;起立	中 這次	中 夏天	中 海邊
울다	야구 (野球)	앉다	이 층	안
中 哭	中 棒球	中 坐	中 二樓	中 內,裡
늦잠	운전 (運轉)	믿다	설명하다	떠들다
中 晚起床,睡懶覺	中 開車,駕駛	中 相信	中 說明	中 吵鬧
월급 (月給)	지각하다 (遲刻)			
中 薪水	中 遲到			

여기 뭐가 제일 맛있어요?
第14課　這裡什麼最好吃？ ◎▶1-14

본문 本文

| （음식점에서） | （在餐館） |

점원 : 어서 오십시오. 몇 분이세요?

민지 : 두 명이요.

점원 : 네, 이쪽으로 앉으십시오.
　　　 메뉴판 여기 있습니다.

민지 : 용성 씨, 우리 뭐 시킬까요?

용성 : 글쎄요. 여기 뭐가 제일 맛있어요?

민지 : 여기 숯불갈비가 유명하니까,
　　　 숯불갈비로 시키죠.

용성 : 네, 그럼 그렇게 하세요.

민지 : 여기요, 주문 받으세요.

점원 : 네, 주문은 뭘로 하시겠습니까?

민지 : 여기 숯불갈비 이 인분 주세요.

점원 : 네, 더 필요한 것 있으세요?

용성 : 밥 두 공기 주시고요.
　　　 그리고 시원한 물 좀 갖다 주세요.

민지 : 약속이 있으니 좀 빨리 갖다 주
　　　 시겠어요?

（在餐館）

歡迎光臨！請問是幾位？

是兩個人。

好的，請這邊坐。

菜單在這兒。

龍成，我們要點什麼菜
好呢？

這個嘛！這裡什麼最好吃？

這裡炭烤排骨很有名，

那就點炭烤排骨吧！

好啊！就這麼辦吧！

喂！我們要點菜。

好的，要點什麼呢？

請給我們兩人份的炭烤
排骨。

好的，還需要別的嗎？

請給我們兩碗飯，還有

請給我們一些冰開水。

因為有約，所以可以快

點上菜嗎？

접원 : 네 , 곧 갖다 드리겠습니다 .	好的，馬上來了。
잠시만 기다리세요 .	請稍等。
민지 · 용성 : 네 , 감사합니다 .	好，謝謝。

뭐가 什麼　음식점 (飲食店) 餐館　몇 분 幾位　두 명 兩個人

메뉴판 菜單　시키다 點 , 叫 (菜) , 使喚　숯불갈비 炭烤排骨

유명하다 有名　주문 (注文) 點菜 , 訂購　더 更 , 再　필요하다 需要

공기 碗　시원하다 爽快 , 涼快　잠시 暫時

 基本句型

- 니　　**因為…所以 (= - 니까 = - 기 때문에)**
表示原因的連接詞，接在動詞語幹之後。

EX.
◆ 피곤하니 조금 쉽시다 .
㊥ 因為累了，休息一下吧。

◆ 비가 오니 우산을 꼭 가지고 가세요 .
㊥ 因為下雨，請務必帶傘去。

◆ 지금 바쁘니 나중에 다시 전화 주세요 .
㊥ 因為現在很忙，請待會兒再打電話來 (來電) 。

◆ 약속이 있으니 빨리 가야 돼요 .
㊥ 因為有約，要快點兒去才行。

아 / 어 주다 **"給"**

動詞語幹母音為 ㅏ , ㅗ 時,接아 주다;為 ㅓ ,
ㅜ 時,接어 주다。

EX.

◆ 이 물건 좀 들어 주시겠어요?

㊥ 請幫我拿一下這個東西好嗎?

◆ 끈 좀 잡아 주세요.

㊥ 請幫我抓一下繩子。

◆ 이것 좀 끌어 주세요.

㊥ 請幫我把這東西拉(拖)出來。

◆ 아기 좀 돌봐 주시겠어요?

㊥ 請幫我照顧一下孩子好嗎?

◆ 여기에 이름을 써 주세요.

㊥ 請在這兒寫下名字(簽名)。

아 / 어 드리다 **"給"**

動詞語幹母音為 ㅏ , ㅗ 時,接아 드리다;
為 ㅓ , ㅜ 時,接어 드리다。

EX.

◆ 나중에 열쇠 갖다 드릴게요.

㊥ 待會兒我拿鑰匙給您。

◆ 계산해 드리겠습니다.

㊥ 我來幫您結算。

◆ 물 좀 갖다 드릴까요?

🀄 拿水給您好嗎？

◆ 내일 전화 드리겠습니다.

🀄 我明天給您打電話。

◆ 제가 문을 열어 드릴게요.

🀄 我來給您開門。

◆ 뭐 좀 도와 드릴까요?

🀄 有什麼需要幫忙的嗎？

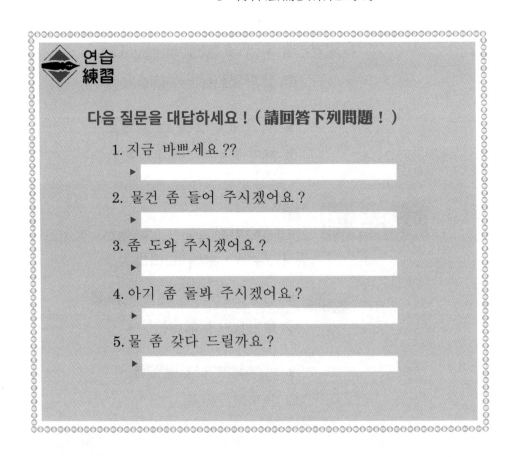

연습
練習

다음 질문을 대답하세요!（請回答下列問題！）

1. 지금 바쁘세요??
   ▶

2. 물건 좀 들어 주시겠어요?
   ▶

3. 좀 도와 주시겠어요?
   ▶

4. 아기 좀 돌봐 주시겠어요?
   ▶

5. 물 좀 갖다 드릴까요?
   ▶

새단어
新生字

韓 무게 中 重量	韓 혼자 中 獨自	韓 들다 中 用；舉	韓 꼭 中 一定	韓 나중에 中 以後
韓 끈 中 繩	韓 끌다 中 拖，拉	韓 아기 中 孩子	韓 돌보다 中 照顧	韓 잡다 中 抓，捉，捕
韓 이름 中 名字	韓 열쇠 中 鑰匙	韓 돌봐 주다 中 (給)照顧	韓 열다 中 開，打開	韓 계산하다 中 計算，結算

 詞彙加油站

韓菜名稱：

韓菜名稱	詞解	韓菜名稱	詞解
메뉴 (menu)	菜單	메밀국수	蕎麥麵
한정식	韓定食：包含白飯、配菜、泡菜、魚或肉、湯等。	삼계탕	蔘雞湯
불고기	烤肉 (牛肉)	매운탕	辣魚湯
비빔밥	拌菜飯	된장국	豆醬湯
돌솥비빔밥	石鍋拌菜飯	순두부찌개	辣豆腐鍋
설렁탕	牛肉湯	김치찌개	泡菜鍋
갈비탕	(牛)排骨湯	해물잡탕	海鮮湯
육개장	辣牛肉湯	곱창전골	牛腸 (雜) 火鍋
해장국	醒酒解腸湯	회 (膾)	生魚片
물냉면	涼麵 (湯)	콩나물밥	豆芽菜飯
비빔냉면	辣拌涼麵 (乾)	곰탕	牛骨湯

韓菜名稱	詞解	韓菜名稱	詞解
꼬리곰탕	牛尾湯	파전	蔥餅
우족 (牛足)	牛腳	해물전	海鮮餅
돼지족발	豬腳	녹두전	綠豆餅
도가니탕	牛筋湯	떡볶이	(辣) 炒年糕
숯불갈비	炭烤 (牛) 排骨	라볶이	(라 면 + 떡 볶 이) 泡麵加辣炒年糕
생선구이	烤魚	만두	餃子
갈치구이	烤白帶魚	물만두	水餃
꽁치구이	烤秋刀魚	만두국	餃子湯、湯餃
새우튀김	炸蝦	찐만두	蒸餃
장어구이	烤鰻魚		

與韓國食物有關的單字：

낱말 (生字)	字解	낱말 (生字)	字解
파	蔥	생강	生薑
마늘	蒜	상추	生菜、萵苣
깻잎	綠色紫蘇葉	배추	白菜
김치	泡菜	물김치	水泡菜
시금치	菠菜	가지	茄子
잡채 (雜菜)	什錦炒冬粉	오이	小黃瓜
피망	甜椒、青椒	호박	胡瓜
당근 (糖根)	胡蘿蔔	도토리묵	橡子豆腐
도라지	桔梗根	고추	辣椒
고추장	辣椒醬	된장	豆醬
김	海苔	김밥	海苔飯捲

낱말 (生字)	字解	낱말 (生字)	字解
다시마	海帶，昆布	미역	海帶 (芽)
토종닭	土雞	미역국	海帶 (芽) 湯
오골계	烏骨雞	콩나물	黃豆芽
감자	馬鈴薯	고구마	蕃薯、地瓜
감자떡	馬鈴薯煎餅	설탕	糖
소금	鹽	간장	醬油
미원	味素	쌀	米
쌀밥	米飯	찹쌀	糯米
아침밥	早餐	점심밥	午飯
저녁밥	晚飯	죽	粥
밥	飯	식품	食品
궁중요리	宮廷料理	쇠갈비 (소갈비)	牛小排
돼지고기	豬肉	참치	鮪魚

비빔밥

녹두전

떡볶이

옛날 이야기
第15課 故事

輕鬆一下！

❀ 제목 : 호랑이와 곶감　　題目 : 老虎與柿餅
❀ 지은이 : 미상　　　　　作者 : 不詳

본문

　어느 날 밤 호랑이가 마을에 내려와 우는 아이를 달래
는 어머니의 소리를 엿듣는다. 어머니가 "호랑이 왔다.
울지 말아라" 하는데도 아이가 계속 울자 내심 호랑이도
무서워하지 않는 아이라고 생각한다.

　다시 어머니가 "곶감 봐라. 울지 말아라" 하니 아이가
울음을 그친다. 그러자 호랑이는 곶감이란 놈이 자기보
다 무서운 존재라고 생각했다.

　이때 소도둑이 들어 왔다가 호랑이를 소로 착각하고
등에 올라탔다. 호랑이는 이놈이 틀림 없는 곶감이라고
착각하고 죽을 힘을 다하여 달아났다. 동이 트자 도둑은
호랑이임을 알고 급히 뛰어 내리고 호랑이도 이제 살았
다 하고 마구 뛰었다.

譯文

　某一天的夜晚，老虎來到村莊，偷聽到有位媽媽正在哄著哭
叫的孩子。媽媽說：「老虎來了，不要哭」。但是，孩子還是繼續

哭鬧著，老虎心裡想著：這孩子還真不怕老虎啊。

　接著，媽媽又說：「你看看柿餅，不要哭啦！」，孩子停止了哭叫。這麼一來，老虎心想：這叫柿餅的傢伙竟然比自己更可怕呢！這個時候，有個偷牛賊進來，誤把老虎當成是牛，騎到老虎背上去。老虎又誤認這傢伙肯定就是柿餅，因而使盡全力掙脫。天一亮，偷牛賊知道是老虎時，快速地從老虎背上跳下，而老虎也想這下子總算活了下來，使勁地跑走了。

옛날 古時候	호랑이 老虎	곶감 柿餅，柿乾	마을 村莊，村落
내려오다 下來	달래다 哄(小孩)，說服，勸	소리 聲音
엿듣다 偷聽，竊聽	계속 繼續	내심 內心	무섭다 可怕	울음 哭聲
그치다 停止	놈 傢伙	자기 自己	-보다 -比	존재 存在
이 때 這時候	소도둑 偷牛賊	소 牛	착각하다 (錯覺)誤認	등 背
올라타다 騎上	틀림없다 毫無疑問	죽다 死	힘을 다하다 盡全力
달아나다 跑掉，逃跑	동이 트다 東方漸白	도둑 小偷	급히 急忙地
뛰다 跳	마구 使勁地

제16과 면접 보는 날
第16課　面試當天

▶ 1-16

본문 本文

진행요원: 77번 서민지 씨 들어오십시오.

工作人員： 77號徐敏智小姐請進！

민지: 안녕하십니까? 저는 77번 서민지라고 합니다.

敏智： 您好！我是77號徐敏智。

면접관: 네, 안녕하십니까? 이쪽으로 앉으십시오.

　　　　우선 저희 회사에 지원한 동기는 무엇입니까?

面試官： 嗯！你好！請往這邊坐。

　　　　首先請說明一下來應徵我們公司的動機是什麼?

민지: 네, 원래부터 저는 여행 다니는 것을 좋아하고, 관광 분야에
　　　관심이 많아 꼭 이 분야에서 일하고 싶어 이렇게 지원하게되
　　　었습니다.

敏智： 好的，我本來就喜歡旅行，對觀光方面很感興趣，想從事這方面的工
　　　作，才來應徵的。

면접관: 좋습니다. 그럼 학교에서는 무슨 과를 전공했습니까?

　　　　그리고 외국어는 몇 개국 언어를 할 줄 아십니까?

面試官： 很好，那你在學校是主修哪一系?還有你會幾國語言?

민지: 네, 저는 대학에서 관광을 전공했고, 외국어는 영어와 중
　　　국어를 할 줄 압니다.

敏智：嗯！我在大學是主修觀光，我會說英語和中國語。

면접관：본인의 장단점에 대해서 한번 말해 보세요.

面試官：請說一下你自己的優缺點。

민지：네, 제 장점은 항상 밝고 명랑하다는 점이고, 끈기가 없는 게 단점입니다.

敏智：好的，開朗是我的優點，缺點是沒耐性。

면접관：자, 그럼 마지막으로 자기 자신에 대해서 하고 싶은 말을 해 보십시오.

面試官：那麼，最後，關於你自己，若有想要說的話，請你說說看吧！

민지：네, 비록 제가 아직 사회 경험이 없지만 저를 뽑아 주신다면, 항상 성실하고 끈기있는 모습으로 회사를 위해서 전력을 다 하겠습니다. 감사합니다.

敏智：雖然我還沒有社會經驗，但是您要是錄取我的話，我會為了公司，經常以誠實而有耐心的態度全力以赴，謝謝您。

지원하다 志願	전공하다 專攻，主修	외국어 外國語，外語
중국어 中國語	본인 本人	장단점 優缺點	말하다 說
말해 보다 說看看	밝다 開朗，明朗	끈기가 없다 沒耐性 (心)
끈기가 있다 有耐性 (心)	마지막으로 最後	선전 宣傳，推銷
비록…지만 雖然…但是	아직…없다 還沒…	뽑아 주다 (給) 選	항상 經常
성실하다 誠實	전력을 다 하다 盡全力，全力以赴	

-(이)라고 하다

稱為…，叫做…

通常接於名詞（人、事、物）之後，表示 "稱為…，叫做…" 之意。

名詞字尾係母音結尾時，加 -라고 하다；字尾係子音結尾時，加 -이라고 하다。

EX. - 라고 하다

◆ 저는 혜교라고 합니다.

㊥ 我叫慧喬。

◆ 이것은 그네라고 합니다.

㊥ 這叫鞦韆。

◆ 당근은 홍당무라고도 합니다.

㊥ 胡蘿蔔也叫做紅蘿蔔。

- 이라고 하다

◆ 제 아들은 영준이라고 합니다.

㊥ 我的兒子（名字）叫英俊。

◆ 친구 이름은 승헌이라고 합니다.

㊥ 我朋友的名字叫承憲。

◆ 영어로 사과를 애플 (Apple) 이라고 합니다.

㊥ 蘋果的英文叫做 Apple。

- ㄴ / 는 / 은 것을 좋아하다

喜歡…

通常接於動詞或形容動詞語幹之後，表示"喜歡…"之意。

EX.

◆ 노는 것을 너무 좋아하면 안돼요.

中 太好玩是不行的。

◆ A: 얘기하는 것을 좋아하세요?

　　B: 아니요, 듣는 것을 좋아해요.

中 A: 您喜歡聊天嗎？

　　B: 不，我喜歡聽（別人說話）。

◆ 맵지 않은 것을 좋아합니다.

中 我喜歡不辣的（東西）。

◆ 젊은 사람들은 뜨거운 것을 그다지 좋아하지 않습니다.

中 年輕人不太喜歡熱的（東西）。

- ㄹ / 을 줄 알다 / 모르다 **會… / 不會…**

接於動詞語幹之後，表示"會… / 不會…"之意。該動詞語幹係母音結尾時，加 - ㄹ 줄 알다 / 모르다；字尾係子音結尾時，加 - 을 줄 알다 / 모르다。

EX. ◆ 피아노를 칠 줄 알아요.

中 我會彈鋼琴。

◆ 아직은 밥을 지을 줄 몰라요.
ⓒ 我還不會做飯。

◆ 컴퓨터를 잘 할 줄 아는 사람을 구합니다.
ⓒ 徵求諳電腦者。

◆ 중국어를 할 줄 아세요?
ⓒ 您會說中國話嗎？

◆ 아기가 세 살이라 말을 할 줄 압니다.
ⓒ 孩子已經三歲了，他會說話。

- 에 대해서 **對於…，關於…**

EX. ◆ 한국에 대해서 아는 것이 별로 없어요.
ⓒ 對於韓國，我了解不多（有限）。

◆ 이 문제에 대해서는 걱정 안하셔도 됩니다.
ⓒ 關於這個問題，您不用擔心。

◆ 과학에 대해서는 자신 있습니다.
ⓒ 我對科學，很有自信。

◆ 이 분야에 대해서 흥미가 많습니다.
ⓒ 對這方面，我很有興趣。

- 을 / 를 위해서

為了…
接於名詞（人、事）之後，表示 "為了…" 之意。該名詞字尾係母音結尾時，加 **를 위해서**；字尾係子音結尾時，加 **을 위해서**。

EX.

◆ 아버지는 자식을 위해서 열심히 일을 하십니다 .

⊕ 父親為了子女，努力工作。

◆ 자연 보호를 위해서 쓰레기를 함부로 버리지 맙시다 .

⊕ 為了保護自然環境，請勿亂丟垃圾。

◆ 좋은 성적을 위해서 열심히 공부합시다 .

⊕ 為了要有好成績，一起努力用功吧！

◆ 건강을 위해서 술은 조금만 드세요 .

⊕ 為了健康，請少喝一點兒酒。

◆ 여자 친구를 위해서 꽃을 사러 갑니다 .

⊕ 為了女朋友去買花。（去買花送女朋友。）

- 게 되었다

終於… ，變成為…(某種事實)
接於動詞或形容動詞語幹之後，表示 "終於（開始）…了，變成…(某種事實) 了"。

> 註：句尾表現通常使用過去式。

◆ 서울로 이사를 하게 되었습니다.

中 終於（總算）搬到首爾了。

◆ 열심히 공부한 덕에 대학에 합격하게 되었어요.

中 因為很用功讀書，終於考上大學了。

◆ 여름이라서 피부가 까맣게 되었어요.

中 因為是夏天，皮膚都曬黑了。

◆ 차가 밀려서 회사에 지각을 하게 되었습니다.

中 因為塞車，上班就遲到了。

◆ 그는 이제야 그 말의 뜻을 알게 되었다.

中 他現在才聽懂這句話的意思。

◆ 교통이 참 편리하게 되었다.

中 交通變得便利了。

◆ 그는 유학하러 가게 되었다.

中 他去留學了。

◆ 오늘부터 여러분에게 영어를 가르치게 되었어요.

中 我從今天開始教大家英文。

-(으)로 表示 "方向、手段、方法、材料" 之意

通常接在名詞之後，該名詞字尾係母音結尾時，
加 -로，子音結尾時，加 -으로。

EX. ◆ 이 책상은 **나무로** 만들어졌습니다 .
中 這書桌是用木頭做的。

◆ **가위로** 오려 주세요 .
中 請用剪刀剪。

◆ 남대문까지 **버스로** 가면 30 분 걸립니다 .
中 搭公車到南大門的話，要花 30 分鐘。

◆ 서울역까지 **차로** 가면 한 시간쯤 걸립니다 .
中 開車到首爾火車站，需要一個小時左右。

◆ **저쪽으로** 똑바로 가시면 정문입니다 .
中 往那邊直走的話，就是正門了。

◆ 그냥 **손으로** 드셔도 돼요 .
中 （就）用手拿來吃也行。

새단어 新生字

韓 그네 / 中 鞦韆	韓 당근 / 中 胡蘿蔔	韓 홍당무 / 中 紅蘿蔔	韓 합격 / 中 合格，及格	韓 젊은 사람 / 中 年輕人
韓 맵다 / 中 辣	韓 뜨겁다 / 中 燙，熱	韓 자신 있다 / 中 有自信	韓 까맣게 되다 / 中 變黑	韓 그다지 … 않다 / 中 不太…
韓 과학 / 中 科學	韓 흥미 / 中 興趣	韓 자연 보호 / 中 保護自然	韓 차가 밀리다 / 中 塞車	韓 피아노를 치다 / 中 彈鋼琴
韓 성적 / 中 成績	韓 쓰레기 / 中 垃圾	韓 버리다 / 中 丟，棄	韓 지각 (遲刻) / 中 遲到	韓 밥을 짓다 / 中 做飯

韓 놀다 中 玩	韓 걱정 中 擔心	韓 오리다 中 剪	韓 구하다 中 徵求，求	韓 …덕에 中 託…福，因為…
韓 자식 中 子女	韓 피부 中 皮膚	韓 가위 中 剪刀	韓 정문 中 正門	

有趣的猜謎遊戲
스피드 퀴즈 （Speed Quiz 快速測驗（猜謎））

❶ 팥 : 紅豆，여름 : 夏天，얼음 : 冰，설탕물 : 糖水，미숫가루 : 米麩

✻ 　　　　　　　　　　

❷ 닭 : 雞，춘천 : 春川（江原道首府），명동 : 明洞，감자 : 馬鈴薯，양파 : 洋蔥，
마늘 : 大蒜，고춧가루 : 辣椒粉

✻ 　　　　　　　　　　

❸ 된장 : 韓式豆醬，호박 : 南瓜，양파 : 洋蔥，마늘 : 大蒜，솥 : 鍋

✻ 　　　　　　　　　　

❹ 오이 : 黃瓜，당근 : 胡蘿蔔，돌솥 : 石鍋，김치 : 泡菜，계란（달걀）: 雞蛋，밥 : 飯，
도라지 : 桔梗根

✻ 　　　　　　　　　　

❺ 수영복 : 泳裝，안마 : 按摩，더운물 : 熱水，찬물 : 冷水，알칼리성（alkali 性）: 鹼性

✻ 　　　　　　　　　　

정답 正確答案
❶ 팥빙수 紅豆冰　　❷ 춘천닭갈비 春川雞排　　❸ 된장국，된장찌개 韓式豆醬湯
❹ 돌솥비빔밥 石鍋拌飯　　❺ 온천 spa 溫泉 spa

제17과 자기소개
第17課　自我介紹

🎧 ▶1-17

본문 本文

　안녕하십니까 ? 저는 대만에서 온 소건홍이라고 합니다. 고등학교 때부터 한국 문화에 관심이 많아서 대학에서 한국어과를 전공했습니다.
한국어를 공부하긴 했지만 여전히 한국에 대해 모르는 것이 많다고 생각해서 유학을 결심했습니다.
　저는 원래 매운 음식을 좋아하고 성격이 솔직한 편이라 한국 사람을 접하면서 친숙한 느낌을 많이 받았습니다. 그리고 대만에서 태어나 눈을 볼 기회가 없었기 때문에 한국의 겨울 날씨도 저에게는 아주 흥미로운 점 중에 하나였습니다.
　비록 부족한 점이 많지만 기회를 주신다면 정말 열심히 공부해서 한국과 대만의 문화 교류에 기여하고 싶습니다.

　　您好，我叫蘇建鴻，是從台灣來的。從高中時期開始，就對韓國文化有很大的興趣，所以大學就唸了韓文系。雖然畢業於韓文系，但是我覺得對韓國還是不怎麼了解，所以決定來韓國留學。
　　因為我本身喜歡吃辣、個性直爽，所以跟韓國人接觸時，覺得很親切。還有，我出生在台灣，沒機會看到雪，韓國冬天的天氣，對我來說，也是非常吸引我的原因之一。
　　雖然我自己有很多缺點，但是，只要給我機會的話，我一定會好好努力，希望將來成為台灣和韓國之間文化交流的橋樑。

대만 台灣	고등학교 (高等學校) 高中	문화 (文化) 文化

관심 (關心) 關心	많다 多	대학 (大學) 大學

한국어과 (韓國語科) 韓文系	전공하다 (專攻) 專業 ; 專修

공부하다 (工夫) 學習 ; 讀書 ; 學	여전히 (如前-) 依然 ; 依舊 ; 仍然

모르다 不知道 ; 不懂 ; 不明白	생각하다 認為 ; 覺得	유학 (留學) 留學

결심하다 (決心) 下定決心	원래 (元來) 原來 ; 本來	맵다 辣

음식 (飲食) 飲食 ; 食物	좋아하다 喜歡	성격 (性格) 個性 ; 脾氣

솔직하다 (率直-) 直率 ; 坦率	접하다 (接-) 交往 ; 接觸

친숙하다 (親熟-) 親近 ; 親密 ; 熟悉	느낌 感覺 ; 感受

받다 得到 ; 受到 ; 接到	태어나다 出生 ; 誕生	눈 雪 ; 眼睛

기회 (機會) 機會 ; 時機	겨울 冬天	날씨 天氣

흥미롭다 (興味-) 有趣 ; 感興趣	점 (點) 點 ; 句號	하나 一個 ; 唯一

부족하다 (不足) 不足 ; 欠缺	열심히 (熱心-) 努力地 ; 用功地

교류 (交流) 交流	기여하다 (寄與) 貢獻 ; 奉獻

 基本句型

名詞 + 때부터 從…時候開始、從…時候就…

EX. ◆ 중학교 때부터 영어를 배웠습니다 .

中 從國中時就學英文了。

◆ 점심 때부터 계속 음악을 들었습니다 .

中 從中午開始就一直在聽音樂。

動詞語幹 + ㄹ / 을 때부터　從…時候開始、從…時候就…

EX.
◆ 어렸을 때부터 김치를 먹었습니다 .
中 從小時候開始就吃泡菜了。

◆ 대만에 있을 때부터 한국어를 배웠어요 .
中 我在台灣的時候就開始學韓國話了。

- ㅂ 불규칙 변화　ㅂ不規則詞形變化

EX.
◆ 감미롭다 (甘甜，輕柔)
　➡ 감미로운 (甘甜的，輕柔的)
　승헌 씨는 감미로운 음악을 좋아합니다 .
中 承憲喜歡輕柔的音樂。

◆ 부드럽다 (柔軟、柔和)
　➡ 부드러운 (柔軟的、柔和的)
　이가 아플 때는 부드러운 음식을 먹어야 합니다 .
中 牙痛時，應該要吃柔軟的食物。

◆ 향기롭다 (香) ➡ 향기로운 (帶著香氣的)
　생일날 향기로운 로즈 향수를 선물로 받았습니다 .
中 生日當天，有人送我很香的玫瑰香水。

◆ 부럽다 (羨慕) ➡ 부러운 (羨慕的)

사람들이 나를 부러운 눈으로 쳐다봅니다 .

中 人們用羨慕的眼光看著我。

◆ 덥다 (熱) ➡ 더운 (熱的)

더운 날에는 밖에 나가기 싫습니다 .

中 在大熱天，我不喜歡外出。

비록…지만 雖然…但是

 ◆ 동생은 비록 어리지만 아는 것이 많습니다 .

中 弟弟雖然年紀小，但是很懂事。

◆ 나는 비록 부자가 아니지만 아주 행복합니다 .

中 我雖然不是有錢人，但是很幸福。

◆ 저 가게의 과일은 비록 조금 비싸지만 정말 맛있
습니다 .

中 那家店的水果，雖然貴了點，但是很好吃。

◆ 비록 조금 늦긴 했지만 가는 게 좋겠어요 .

中 雖然有點晚（遲），但最好還是去吧。

◆ 승헌 씨는 비록 키는 작지만 얼굴이 잘생겼습니다 .

中 承憲雖然個子小，但是五官長得很帥。

…ㄴ / 는다면　要是…的話，如果

◆ 영미씨가 와 준다면 정말 고맙겠습니다.

🀄 如果英美你來的話，我真的感激不盡。

◆ 편지를 받는다면 꼭 답장해 주세요!

🀄 如果收到信，請一定要給我回信!

◆ 내일 일찍 일어난다면 반드시 운동을 하러 갈 것입니다.

🀄 要是明天早起，我一定會去運動。

◆ 회사 주변에서 점심을 먹는다면 칼국수를 먹으러 갑시다!

🀄 如果要在公司附近吃午餐，我們就去吃刀削麵吧!

◆ 건너편에서 차를 탄다면 10분안에 도착할 수 있습니다.

🀄 如果到對面搭車，可以在十分鐘內到達。

새단어 新生字

🇰🇷 계속 🀄 繼續	🇰🇷 추석 🀄 中秋節	🇰🇷 감미롭다 🀄 甘甜；輕柔	🇰🇷 어렸을 때 🀄 小時候	🇰🇷 꺼내다 🀄 拿出來；掏出來
🇰🇷 덥다 🀄 熱	🇰🇷 긴팔 🀄 長袖	🇰🇷 부드럽다 🀄 柔軟，柔和	🇰🇷 향기롭다 🀄 香	🇰🇷 로즈 (rose) 🀄 玫瑰

韓 향수	韓 선물	韓 쳐다보다	韓 부자 (富者)	韓 잘생기다
中 香水	中 禮物	中 仰望；凝視	中 有錢人	中 長得好看
韓 부럽다	韓 반드시	韓 칼국수	韓 도착하다	韓 답장하다
中 羨慕	中 一定	中 刀削麵	中 到達	中 回覆，回信
韓 건너편				
中 對面				

제18과 거류 신고
第18課　申請居留

▶ 1-18

본문　本文

출입국 관리 사무소에서

직원 : 어서 오세요! 뭘 도와 드릴까요?

혜미 : 네, 외국인 거류 신고를 하려고요.

직원 : 처음 하시는 건가요?

혜미 : 네, 처음 하는 거예요.

직원 : 그러시면, 여기 굵은 칸 부분을
　　　다 기재하신 후에, 맨 밑에다 서
　　　명해 주세요.

혜미 : 네.

거류 연장

직원 : 어떤 일로 오셨지요?

혜미 : 외국인 거류 연장하러 왔습니다.

직원 : 신고서 양식 다 작성하셨으면 주
　　　시고요, 여권도 같이 주세요.

혜미 : 네, 여기 있어요.

직원 : 네, 잠시만 기다려 주세요... 여권
　　　여기 있습니다.

在出入境管理局

歡迎光臨！有什麼需要
幫忙嗎？

我要申請外國人居留。

您是第一次辦嗎？

是的，我是第一次辦。

那麼，請先把這裡劃有

粗線框的部分填寫後，

在底下簽名。

好的。

延長居留

請問有什麼事？

我是來辦外國人延長居
留。

寫完申請表格式的話，

請連同護照一起給我。

好的，在這兒。

好的，請稍等…

護照在這兒，

기한 지나기 전에 꼭 다시 오셔서 연기하셔야 돼요.

혜미: 알겠습니다. 감사합니다.

직원: 무슨 문제 있으시면 언제라도 찾 아오세요. 안녕히 가세요.

혜미: 감사합니다. 안녕히 계세요.

到期之前一定要來辦延長。

我知道。謝謝！

若有任何問題，隨時都可以來找我。請慢走。

謝謝你！再見！

거류 신고 (居留申告) 申請居留

출입국 관리 사무소 (出入國管理事務所) 出入境管理局

돕다 幫助；有助於 드리다 奉上；致 처음 第一次 굵다 粗 칸 格子

부분 (部分) 部分 기재하다 (記載) 記載 맨 最 밑 底下

서명하다 (署名) 簽名 신고서 (申告書) 申請表，申報單

작성하다 (作成) 作；填寫；擬稿 여권 (旅券) 護照 같이 一起

기한 (期限) 期限 지나다 經過；過去 다시 再；重新；又

연기하다 (延期) 延期

기본 문형 基本句型

- 려고 想要…

EX. ◆ A: 나가시네요?

B: 네, 시골집에 좀 .

中 A: 這麼早就出門嗎？

B: 是的，想回去一下鄉下的老家。

◆ 나중에 **먹으려고** 남겨 놓았어요.
中 為了想要晚一點吃，留下來了。

◆ 명동에 **가려고** 하는데 어디서 내려야 하나요？
中 我想去明洞，請問該在哪一站下車？

◆ 죄송합니다, 물건 좀 **교환하려고** 하는데요.
中 對不起，我想要換東西。

◆ A: 좀 나갔다 와도 되겠습니까？

B: 그럼요, 밖에서 **전화하시려고요**？
中 A: 我可以出去一下嗎？

B: 當然可以，您要到外面打電話嗎？

- 는/- ㄴ 건가요? 疑問語尾助詞

EX. ◆ A: 지금 **퇴근하시는 건가요**？

네, 좀 일찍 가야 해서요.

中 A: 您現在下班嗎？

B: 是的，因為我要早點回去。

◆ 한국에는 **처음 오시는 건가요**？
中 您是第一次來韓國嗎？

◆ 아직 다 안 드신 건가요?
中 您還沒吃完嗎?

◆ 두 분 말씀 다 끝나신 건가요?
中 你們兩位話都說完了嗎?

◆ 서명은 연필로 해도 되는 건가요?
中 請問用鉛筆簽名也行嗎?

- 에다   在⋯

EX. ◆ 짐은 여기에다 놓으셔도 돼요.
中 東西放在這裡也行。

◆ 성함은 맨 윗칸에다 적으십시오.
中 請在最上面一欄寫下您的大名。

◆ 이 약은 상처 위에다 발라주세요.
中 請把這個藥抹在傷口上。

◆ CD 다 들으셨으면 제 책상 위에다 놓아 주세요.
中 光碟片要是聽完的話,請放在我的書桌上。

◆ 선물로 받은 꽃을 꽃병에다 꽂아 두었습니다.
中 我把人家送我的花插在花瓶裡。

- 로 오다 / 러 오다 　為了…而來

－ 로是表示說明原因；－ 러是表示說
明目地。

EX.

◆ 서울에는 업무차로 오셨습니까?

ⓗ 您是來首爾工作的嗎?

◆ A: 무슨 일로 오셨습니까?

　 B: 네, 맡겨둔 옷을 찾으러 왔는데요.

ⓗ A: 您為何事而來? (您有什麼事嗎?)

　 B: 是的,我是來拿寄放的衣服。

◆ 급한 일로 인해 늦게 도착했습니다.

ⓗ 因為有急事,所以晚一點才到了。

◆ 컴퓨터를 찾으러 10 시 정도에 용산에 도착할 것
같습니다.

ⓗ 好像十點左右會抵達龍山取電腦。

◆ 어머니를 마중하러 서울역에 갔습니다.

ⓗ 去首爾火車站接媽媽了。

아 / 어야 되다 　一定要…才行

EX.

◆ 개학 전에 꼭 등록금을 내야 됩니다.

ⓗ 開學前一定要繳交註冊費。

◆ 오시기 전에 꼭 예약을 하셔야 됩니다.
中 來之前一定要先預約。

◆ 약을 먹기 전에 반드시 식사를 하셔야 됩니다.
中 吃藥前一定要先吃飯。

◆ 서류를 쓰실 때는 볼펜으로 쓰셔야 됩니다.
中 寫文件時，要用原子筆書寫才行。

◆ 나가기 전에 불을 끄고 나가야 됩니다.
中 出門前一定要先關燈。

- 라도　無論⋯，即使⋯

 ◆ 문제 있으면 언제라도 전화로 문의해 주세요.
中 要是有問題的話，請隨時打電話詢問。

◆ 한국어를 배우고 싶으신 분이라면 누구라도 환
영입니다!
中 只要是想學韓文的人無論是誰都歡迎!

◆ 친구에게 무슨 일이 있다면 밤 늦게라도 찾아갈
수 있습니다.
中 如果朋友有事，無論多晚我都可以去找他。

◆ 매운 음식이라면 어떤 것이라도 잘 먹습니다.
中 只要是辣的，無論什麼菜我都喜歡吃。

◆ 승헌 씨 가 시간이 없으시다면 은서 씨 <mark>혼자라도</mark>
  꼭 오세요 .

🀄 如果承憲先生沒空的話，至少銀瑞小姐一定要來。

새단어 新生字

🇰 시골 🀄 鄉下；故鄉	🇰 남기다 🀄 留；剩下	🇰 물건 🀄 物品；東西	🇰 교환하다 (交換) 🀄 交換
🇰 퇴근하다 🀄 下班	🇰 서명 (署名) 🀄 簽名	🇰 성함 🀄 姓名；尊稱大名	🇰 상처 (傷處) 🀄 傷口
🇰 책상 (冊床) 🀄 書桌	🇰 업무 (業務) 🀄 業務；事務	🇰 맡겨 두다 🀄 寄存	🇰 마중하다 🀄 迎接
🇰 서류 (文書) 🀄 文件；公文	🇰 볼펜 🀄 原子筆	🇰 끄다 🀄 熄滅；關上 (開關)	🇰 등록금 (登錄金) 🀄 註冊費
🇰 연필 🀄 鉛筆	🇰 적다 🀄 記；寫	🇰 꽃병 🀄 花瓶	

제19과 언어 교환 (1)
第19課 語言交換 (1)

▶ 1-19

언어 교환을 구합니다! 　　徵求語言交換對象!

　안녕하세요! 저는 대만에서 온 이용성이라고 합니다. 24 살의 남성이고 한국에 온 지는 6 개월 정도 되었습니다. 지금 저는 한국어를 가르쳐 줄 수 있는 언어 교환 상대를 찾고 있습니다. 중국어에 관심이 있으신 분이라면 더욱 환영입니다. 관심이 있으신 분은 아래 연락처로 연락 주세요.

　您好！我叫李龍成，從台灣來的。二十四歲的男生，來韓國大約六個月。目前我在找可以教我韓文的語言交換對象。尤其對學中文有興趣的人更歡迎。若您有興趣，請用以下的聯絡方式跟我聯絡。

민지 : 여보세요? 혹시 이용성 씨세요?

敏智 : 喂？請問是李龍成先生嗎？

용성 : 네 , 맞는데요?

龍成 : 是，我就是。

민지 : 안녕하세요! 인터넷에서 언어 교환 구하신다는 글을 봤는데요. 벌써 찾으셨는지 모르겠네요.

敏智 : 你好！我在網路上看到你正在找語言交換對象，不曉得你是否已經找到人。

용성 : 아니요, 아직 못 찾았어요.

龍成 : 沒有，還找不到。

민지 : 제가 한국어교육과 학생이라서 외국 학생들에게 한국어를
　　　 가르쳐 보고 싶은데 어떠세요?

敏智 : 因為我是唸韓語教育系的學生，所以很想給外國學生教韓文，你想不
　　　 想跟我學?

용성 : 그러세요? 전 좋아요. 정말 잘됐네요.

龍成 : 是嗎?我想學，真好。

민지 : 그러면 우리 한번 만날까요? 시간 언제쯤 괜찮으세요?

敏智 : 這樣的話，還是我們見個面好嗎?你什麼時候比較方便?

용성 : 저는 토요일 1 시에 괜찮아요.

龍成 : 我這禮拜六下午一點時間可以。

민지 : 그럼 그때 뵙지요. 강남역 주변에서 만나면 어떨까요?

敏智 : 那麼，就約在那個時候好了。在江南地鐵站附近見面，如何?

용성 : 네, 좋아요. 제가 지하철역 앞에서 기다릴게요.

龍成 : 好啊!我會在地鐵站前面等你。

민지 : 예, 그럼 토요일에 뵙겠습니다.

敏智 : 好!那星期六見。

용성 : 네.

龍成 : 好的。

| 언어 교환 語言交換 | 구하다 徵求 | 여성 (女性) 女性 | 가르치다 教 ; 指導 |

| 찾다 找 ; 尋找 | 더욱 更 | 환영 (歡迎) 歡迎 | 아래 下面 |

| 연락처 (連絡處) 聯絡方式 | 인터넷 (Internet) 網路 | 벌써 已經 |

| 지하철역 地鐵站 | 기다리다 等 ; 等待 |

 基本句型

- ㄴ 지 時間 되다
表示從某事發生的時候開始，到現在為止的一段時期

EX.

◆ 약을 먹은 지 얼마나 되었어요 ?

中 吃藥吃多久了 ?

◆ 오늘은 동생이 태어난 지 이 년 되는 날입니다 .

中 今天是弟弟（妹妹）出生兩週年的日子。

◆ 결혼한 지 일 년 됐어요 .

中 結婚一年了。

◆ 여기서 산 지 두 달 됐어요 .

中 住在這裡兩個月了。

◆ 이 집을 지은 지 이십 년 됐어요 .

中 這房子建好後已經有 20 年了。

-(이) 라면 如果…；相當於「在…條件下」

EX. ◆ 이게 돈이라면 좋겠다.

中 如果這是錢的話，該有多好。

◆ 내가 대통령이라면 뭘 하는 게 좋을까요?

中 如果我是總統的話，該做些什麼好呢?

◆ 네가 나라면 그 사람과 결혼하겠어요?

中 如果你是我，會和那個人結婚嗎?

◆ 만약에 내가 새라면 당신에게 날아갈 수 있어요.

中 如果我是鳥的話，就可以飛到你那裡了。

◆ 오늘 금요일이라면 영화 구경 가도 되는데요.

中 今天如果是星期五的話，就可以去看電影了。

-께 給；向；對

– 에게的敬語形，表示尊敬，用於比自己年長或
地位高者

EX. ◆ 할아버지께 물어보세요.

中 去問爺爺。

◆ 어머님께 선물을 갖다 드려라.

中 把禮物給媽媽。

◆ 선생님께 편지를 올립니다.

中 寫信給老師。

◆ 철수가 선생님께 꽃을 드립니다.

中 哲秀送老師花。

◆ 아버지께 과일을 보냈어요.

中 寄送水果給爸爸。

- ㄹ게 主語只能使用第一人稱
表示和對方約定自己要做某件事

EX. ◆ 내가 맛있는 것 사 줄게.

中 我買好吃的東西給你。

◆ 내가 한턱 낼게요.

中 我請客。

◆ 이따가 학교 정문 앞에서 기다릴게.

中 等一下我在學校正門前等你。

◆ 내가 대만에 가서 편지를 보낼게요.

中 我到台灣後，寄信給你。

◆ 제가 청소할게요. 엄마는 쉬세요.

中 我來打掃，媽媽您休息吧。

새단어
新生字

韓 태어나다 中 出生;誕生	韓 결혼하다 中 結婚	韓 대통령 (大統領) 中 總統	韓 달 中 月
韓 만약 中 萬一;如果	韓 날아가다 中 飛走	韓 영화 구경 中 看電影	韓 짓다 中 蓋;做
韓 시도하다 (試圖) 中 試圖;企圖	韓 물어보다 中 問;打聽	韓 정문 (正門) 中 正門	韓 새 中 鳥
韓 한턱 中 請客			

제20과 언어 교환 (2)
第20課 語言交換 (2)

▶ 1-20

본문 本文

민지: 죄송하지만, 혹시 이용성 씨 맞으신가요?

敏智: 不好意思，請問是李龍成先生嗎？

용성: 네, 저 맞는데요.

龍成: 對，我就是。

민지: 제가 전에 언어 교환하고 싶다고 연락드린 사람이에요.

敏智: 我是先前聯絡你的那位，想要語言交換的人。

용성: 네, 반갑습니다.

龍成: 是，很高興認識你。

민지: 저도 반갑습니다. 우리 어디 앉아서 얘기할까요?

　　　아직 점심 안 드셨지요?

敏智: 我也很高興認識你。我們要不要找個地方坐下來聊個天？

　　　還沒吃午餐吧？

용성: 네, 안 먹었어요.

龍成: 對，還沒吃。

민지: 그럼 우리 점심 먹으면서 얘기하는 게 좋겠어요.

　　　냉면 좋아하세요?

敏智: 那麼，我們可以邊吃飯邊聊天。

　　　喜歡涼麵嗎？

용성: 네, 아주 좋아해요. 마침 저도 냉면이 먹고 싶었어요.

龍成: 是的，非常喜歡。剛好我也想要吃涼麵。

민지 : 그럼 제가 맛있는 데로 모시고 갈게요 . 이쪽으로 가시지요 .

敏智 : 那麼，我帶你去好吃的地方。往這邊走吧。

민지 : 아직 제 소개를 안 했네요 . 저는 박민지라고 하고요 , 지금 한국어교육과 4 학년에 재학 중인 학생이예요 . 이용성 씨는 어떻게 한국에 오시게 된 거예요 ?

敏智 : 我還沒介紹我自己呢。我叫朴敏智，現在是韓國語教育學系四年級的 學生。李龍成先生怎麼會來韓國呢？

용성 : 저는 대만에서 한국어과를 졸업하고 한국 회사에 취직을 했 어요 .

이번에 한국 본사로 파견됐어요 .

龍成 : 我是在台灣的韓文系畢業，然後在韓國公司工作。

這次是來韓國的總公司出差。

민지 : 그러셨군요 . 외국인이 한국어를 전공하다니 정말 대단하세요 .

敏智 : 這樣啊。外國人專攻韓文，真的非常厲害。

용성 : 한국어는 생각보다 많이 어려운 것 같아요 . 그래서 전 에 배우긴 했지만 아직은 잘 못해요 . 민지 씨가 많이 가르쳐 주세요 .

龍成 : 韓文比想像中的困難許多的樣子。雖然之前有學過，但還是不太好。 請敏智小姐多多教我。

민지 : 네 , 제가 최선을 다해서 가르쳐 드릴게요 . 그리고 혹시라도 한국에서 생활하시다 곤란한 점 있으시면 저한테 말씀하세요 .

敏智 : 好的，我會盡最大的努力教你。還有，如果在韓國生活有什麼困難的 地方，請告訴我。

용성 : 네 , 정말 감사합니다 . 이렇게 좋은 분을 만나게 되어서 정
말 기뻐요 .

龍成：好，真的很感謝你。可以認識妳這麼好的人，真的很高興。

혹시 (或是) 如果；萬一　　반갑다 高興；愉悅　　점심 (點心) 午餐

냉면 涼麵　　마침 正好　　모시다 奉陪；引導；侍奉　　재학 (在學) 在學

졸업하다 (卒業) 畢業　　취직 (就職) 就業　　본사 (本社) 總公司

파견 (派遣) 派遣　　전공 (專攻) 主修　　대단하다 了不起

최선 (最善) 最佳；最好；全力以赴　　곤란하다 (困難) 困難

 基本句型

- 면서　**一邊…一邊… ; 是…又是…**

　◆ 음악을 들으면서 공부해요 .

㊥ 邊聽音樂邊念書。

◆ 그는 밥을 먹으면서 신문을 읽어요 .

㊥ 他邊吃飯邊看報紙。

◆ 차를 마시면서 이야기를 할까요 ?

㊥ 要不要邊喝茶邊聊天？

◆ 친구가 웃으면서 말했어요 .

㊥ 朋友笑著說了。

◆ 저 사람은 화가이면서 시인이다.
中 那個人既是畫家又是詩人。

- 보다 比…

EX. ◆ 생각보다 훨씬 어렵네요.
中 比想像中的還要困難。

◆ 지하철이 버스보다 조금 빠릅니다.
中 地鐵比巴士快一點。

◆ 제 방이 동생의 방보다 좀 커요.
中 我的房間比弟弟的房間大一點。

◆ 겨울보다 여름을 더 좋아해요.
中 比起冬天，我更喜歡夏天。

◆ 이 남자가 생각보다 더 좋아요.
中 這男人比想像中的更好。

새단어
新生字

韓 신문 (新聞)	韓 화가	韓 시인	韓 큰일
中 報紙	中 畫家	中 詩人	中 大事情
韓 정직하다 (正直)	韓 내쫓다	韓 뜻밖	韓 훨씬
中 正直	中 趕出去	中 意外	中 更；更加
韓 편리하다 (便利)	韓 유학 (留學)		
中 便利	中 留學		

UNIT 3

明辨詞意
（相似詞的用法）

韓語當中有許多詞彙表面上看起來頗為相似，對於初學者而言，在應用上往往會有似是而非的感覺，容易造成混淆。因此，本單元的內容是針對常用詞彙的用法，加以釋義，並羅列例句說明，以提供學習者參考。

01 〈가르치다〉와 〈가리키다〉의 쓰는 법
〈教〉和〈指〉的用法

〈가르치다〉: **教**。有教導，傳授；告訴；糾正，管教之意。

〈가리키다〉: **指**。是有指示方向的意思。

EX. 한국말 좀 가르쳐 줘 . (**O**)
請教我一下韓國話。

손가락으로 남쪽을 가리켰다 . (**O**)
用手指指著南方。

◆ 이름을 가르쳐 주세요 . (**O**)
　이름을 가리켜 주세요 . (**X**)
　請告訴我您的名字。

02 〈감사하다〉와 〈고맙다〉의 쓰는 법
〈感謝〉和〈謝謝〉的用法

〈감사하다〉: **感謝**。是漢字語，主要使用於在正式的場合中。

〈고맙다〉: **謝謝**。是純韓語，在日常或正式的場合中，皆可使用。

因此，對親朋好友或晚輩若說〈감사해〉，會尷尬彆扭；對親朋好友和晚輩則可使用〈고마워〉。

03 〈과/와〉와 〈랑/이랑，하고〉의 쓰는 법
〈和、與〉和〈和、跟、與〉的用法

〈과/와〉: 說話與寫文章時都可使用。

〈랑/이랑，하고〉: 只使用在一般口語對話時。

〈과/와〉: 同時羅列好幾個名詞時，不能用在附於最後一個名詞之後。

EX. 바지와 코트를 샀어요 . (O)
買了褲子和外套。

바지랑 코트랑 샀어요 . (O)
買了褲子和外套。

◈ 바지와 치마와 코트를 샀어요 . (O)
바지와 치마와 코트와 샀어요 . (X)
買了褲子、裙子與外套。

04 〈 관습 〉 과 〈 습관 〉 의 쓰는 법
〈慣習，習慣〉和〈習慣〉的用法

관습 — **習慣，習俗**。在某一社會或團體等中，成為慣例的風俗，主要是具有社會性的東西。

습관 — **習慣**。指人或動物的習慣 ; 主要是使用在關於個人習性上。

EX. 어른을 공경하는 일은 우리의 오랜 관습이다 .
尊敬長者是我們長久以來的習慣。

매일 이를 닦는 습관을 기르자 .
培養每天刷牙的習慣吧。

05 〈 관심 〉 과 〈 흥미 〉 의 쓰는 법
〈關心〉和〈興趣〉的用法

관심 — **關心**。表示內心更想要了解或繼續觀察某些事物。

흥미 — **興趣**。表示內心因興趣而更想去了解某些事物。

EX. 난 한국 영화에 관심이 있어요 .
我關心韓國電影。

난 한국 영화에 흥미가 있어요 .
我對韓國電影感興趣。

◈ 어려운 사람에게 관심을 가져야 합니다 . (O)
어려운 사람에게 흥미를 가져야 합니다 . (X)
對於艱困的人，要有關懷之心。

06 〈구분〉과〈구별〉의 쓰는 법
〈區分〉和〈區別〉的用法

> **구분** : 通常用於以某種基準來區分整體時，是以共同點為基準來做區分。

> **구별** : 通常用於以某種基準來區分整體時，是以差異點為基準來做分別。

EX.

◆ 누가 언니고 누가 동생인지 구분이 안 간다 . (O)
누가 언니고 누가 동생인지 구별이 안 간다 . (X)
分辨不出到底誰是姐姐？誰是妹妹？

◆ 시대 구분 (O)
시대 구별 (X)
時代區分。

◆ 공과 사의 구별 (O)
공과 사의 구분 (X)
公與私的區別。

07 〈구하다〉와〈얻다〉의 쓰는 법
〈求〉和〈得〉的用法

> **구하다** : **求**。是費心思想要獲得的意思。

> **얻다** : **得**。是某些東西變成自己所擁有的意思。

EX.

(일할) 사람을 구하다 .
求人（徵求工作人員）。

◆ 직원 구함 . (O)
직원 얻음 . (X)
徵求職員。

08

〈 그러고 나서 〉 〈 그리고 나서 〉 의 쓰는 법
〈那樣之後〉和〈然後，接著，還有，而且〉 的用法

그러고 : 是〈그러다〉的活用型；〈그러고 나서〉是〈그러고 난 후에〉的意思。

그리고 : 是接續副詞，後面不能使用〈-나서〉。
若用〈그리고〉，〈-나서〉就要刪除。

09

〈 글씨 〉 와 〈 글자 〉 의 쓰는 법
〈字體，字〉和〈文字〉 的用法

글씨 : **字體**，字。是指所寫的字的模樣。

글자 : **文字**。不僅是指字的模樣，還有記載語言的文字符號。

EX. 칠판에 쓴 글씨가 잘 안 보여요 . (O)
칠판에 쓴 글자가 잘 안 보여요 . (O)
我看不清楚寫在黑板上的字。

◆ 글자를 모르다 . (O)
글씨를 모르다 . (X)
不識字。

◆ 글자가 어렵다 . (O)
글씨가 어렵다 . (X)
（文）字很難。

10

〈 기르다 〉 와 〈 키우다 〉 의 쓰는 법
〈 培育、養育 〉 和 〈 培植；飼養 〉 的用法

기르다 : 培育、養育。用於使人、動物、植物等的個子或長度增長時，有養、飼養；培養、培育；養成；留，蓄的意思。

키우다 : 培植；飼養。用於使人、動物、植物等的大小尺寸或數量增加時。
另外，〈키우다〉也可和〈희망（希望）、（夢想）〉 一起使用。

EX.
인재를 기르다.
培養人才。

화초를 기르다.
養花（種花）。

돼지를 기르다.
養豬。

좋은 습관을 기르다.
養成好習慣。

머리를 기르다.
留頭髮。

수염을 기르다.
留鬍子。

아이를 기르다. (O)
아이를 키우다. (O)
養育孩子。

◆ 몸집을 키우다. (O)
　몸집을 기르다. (X)
　健全體質；強身。

◆ 꿈을 키우다. (O)
　꿈을 기르다. (X)
　築夢。

11 〈기쁘다〉와 〈즐겁다〉의 쓰는 법
〈高興〉和〈開心、愉快〉的用法

기쁘다 : **高興**。表示因所期望的事情實現而感覺良好的意思。

즐겁다 : **開心、愉快**。當進行動作或活動時，感到有趣、歡愉的表現。

EX. 아이들이 운동장에서 즐겁게 뛰어 논다.
孩子們在運動場上開心地跑跳玩著。

◆ 나는 시험을 100 점을 맞아서 기쁘다 . (O)
나는 시험을 100 점을 맞아서 즐겁다 . (X)
我因考試得到 100 分而高興。

◆ 오늘 즐겁게 놀았어요 . (O)
오늘 기쁘게 놀았어요 . (X)
今天玩得很開心。

12 〈 길 〉 과 〈 도로 〉 의 쓰는 법
〈 路 〉 和 〈 道路 〉 的用法

> 길 **路**。通常是指特定開闢或自然形成的路。

> 도로 **道路**。為漢字語,比較偏向指特定開闢的道路。參考如下:

EX.

길 (路,純韓文)		中譯	도로 (道路,漢字語)	
자동차길	(O)	車道	자동차도로	(O)
뱃길 비행깃길	(O)	水路,船道 飛機跑道	뱃도로 비행기도로	(X)
골목길	(O)	巷道	골목도로	(X)

13 〈 데치다 〉 , 〈 끓이다 〉 , 〈 삶다 〉 , 〈 고다 〉
의 쓰는 법 〈 燙 〉 , 〈 煮 〉 , 〈 煮 〉 , 〈 燉 〉 的用法

> 데치다 與 삶다 一般是指將青菜或肉品放進鍋裡燙熟的意思。

> 끓이다 與 고다 則是指將青菜或肉品放進鍋裡加水煮熟的意思。

> 데치다 **氽燙**。

> 삶다 **水煮**。

> 끓이다 **煮**。將許多材料放進鍋裡加水煮熟。

> 고다 **燉**。指燉煮或熬煮,煮的時間較 〈 끓이다 〉 久。

시금치（배추）를 데치다.
燙菠菜（白菜）。

물을 끓이다.
煮水（燒開水）。

고기를（계란을）삶다.
煮肉（雞蛋）。

뼈를 고다.
熬骨頭。

14 〈넓이〉와 〈너비〉의 쓰는 법
〈寬度、幅〉和〈寬、寬度〉的用法

| 넓이 | **面積，寬度。**指一定平面的空間或範圍的大小。 |

| 너비 | **寬、寬度。** |

EX. 내 방의 넓이는 대략 12m² 이다.
我房間的面積大約是十二平方米。

이 강의 너비는 대략 50m 이다.
這條河的寬度大約是五十公尺。

15 〈너〉와 〈넉〉, 〈네〉의 쓰는 법
〈四〉的用法

〈너〉、〈넉〉、〈네〉都是表達數字四（4）的意思。

| 너 | 主要是用於돈（錢），말（斗）等量詞前面。 |

| 넉 | 主要是用於냥（兩），단（捆、把），달（月），되（升），자루（枝），잔（杯），장（張），짐（擔）等量詞前面。 |

| 네 | 要放在다발（束），대（台），마리（隻），방（房），번（次），벌（套），사람（人），살（歲），시간（小時），켤레（雙鞋）等量詞前面。 |

EX.
쌀 너 말 / 보리 너 되
四斗米 / 四升大麥

종이 넉 장 / 커피 넉 잔 / 기한 넉 달
四張紙 / 四杯咖啡 / 四個月期限

생선 네 마리 / 학생 네 명 / 구두 네 켤레
四條魚 / 四個學生 / 四雙皮鞋

16 〈이 / 가〉와〈은 / 는〉의 쓰는 법
〈이 / 가〉和〈은 / 는〉的用法

이 / 가 **與** 은 / 는 兩者相似度高,使用時較易混淆,但有下列情形時,可以區分使用。

(1)話題開始時,首先使用〈이 / 가〉,再次提及前面話題時,則用〈은 / 는〉。

EX.
옛날 옛적에 흥부라는 착한 사람이 있었습니다 . 흥부는 아주 마음씨가 착했습니다 .
很久很久以前,有一個名叫興夫的老實人,興夫的心地非常善良。

(2)用〈누가〉來詢問時,要用〈이 / 가〉來回答。

EX.
누가 왔어요 ?
영수 씨가 왔어요 .
誰來了 ?
英修先生來了。

(3)說明〈什麼東西如何〉時的情形,主要的助詞用〈이 / 가〉。

EX.
방이 참 넓군요 .
房間好寬敞喔。

옷이 비싸다 .
衣服很貴。

注意！

（1）出現兩個主語時，第一個主語使用〈은 / 는〉，說話者說明的重點在強調第一個主語時。

EX. 이 옷은 값이 비싸요 .
이 옷은 값이 비싸요 .
這衣服價格昂貴。

（2）介紹某人或某事時，其對象一定要用〈은 / 는〉。即，強調某人身分、資格或凸顯主題時。

EX. 처음 뵙겠습니다 .
저는 김인호입니다 .
幸會，（幸會久仰）。
我是金仁浩。

（3）表示某人喜歡或討厭某事之類的個人心理狀態時，通常第一個主格助詞用〈은 / 는〉，第二個主格助詞用〈이 / 가〉。

EX. 저는 밥이 좋아요 .
我喜歡吃飯。

---

17 〈 늘리다 〉와〈 늘이다 〉의 쓰는 법
〈使增加〉和〈拉長〉的用法

늘리다 : **使增加**。通常用於增加數、量或大小尺寸時。
（늘다的使動態。）

늘이다 : **拉長**。通常用於增加長度時，或指數量、距離、時間等的增加、拉長、延長的使動態。
（他動詞，有延長、拉長、下垂之意。）

EX. 치마가 짧아서 길이를 조금 늘였어요 .
因為裙子短，所以把長度稍微加長了些。

치마 허리가 작아서 크게 늘렸어요 .
因為裙子的腰圍小，所以加大了。

18

〈 **다르다** 〉 와 〈 **틀리다** 〉 의 쓰는 법
〈 不同 〉 和 〈 錯 〉 的用法

다르다 : **不同，不一樣**。用於比較的兩個對象不同時。

틀리다 : **錯**。用於事實或計算等錯誤時。

EX. 네 생각은 틀리고 내 생각은 옳다 .
你的想法是錯的，而我的想法是對的。

◆ 너와 나는 생각이 다르다 . (O)
너와 나는 생각이 틀리다 . (X)
你和我的想法不同。

19

〈 **다투다** 〉 와 〈 **싸우다** 〉 의 쓰는 법
〈 爭吵、吵架 〉 和 〈 打架、打仗 〉 的用法

다투다 : **爭吵、吵架**。主要是用於言語爭吵時。

싸우다 : **打架、打仗**。用於除言語爭吵外，還包含使用武力、槍械等想要戰勝對方時。

EX. 철수는 민수와 다투었다 . (O)
哲秀與敏修吵架了。

철수는 민수와 싸웠다 . (O)
哲秀與敏修打架。

◆ 그 사람들은 칼을 가지고 싸웠다 . (O)
그 사람들은 칼을 가지고 다투었다 . (X)
他們持刀打架。

◆ 개와 고양이가 싸운다 . (O)
개와 고양이가 다툰다 . (X)
狗和貓在打架。

20

〈입다〉와 〈당하다〉의 쓰는 법
〈受、蒙受〉和〈碰到、遭遇到〉的用法

입다 ： **受、蒙受**。正、負面表述，均可使用。

당하다 ： **碰到、遭遇到**。只能用於表述負面事實。

EX.

피해를 입었다. (O)
受害。

은혜를 입었다. (O)
受人恩惠。

창피를 당했다. (O)
蒙羞。

◆ 혜택을 입었다. (O)
혜택을 당했다. (X)
受惠。

21

〈덜다〉와 〈빼다〉의 쓰는 법
〈減、減少〉和〈刪除、扣除〉的用法

덜다 與 빼다 ： 都是用於表示從原來的分量減除某
一部分時。

덜다 ： **減、減少**。主要是針對分量減少時，而數量減少時不
會使用。

빼다 ： **刪除、扣除**。不僅表示分量減少，亦可表示數量減少。

此外，相較於〈빼다〉，〈덜다〉亦可用於表示減少痛苦或負擔之類的情
形時。

EX.

◆ 애들이 학교를 졸업해서 학비 부담을 덜었어요. (O)
애들이 학교를 졸업해서 학비 부담을 뺐어요. (X)
孩子們從學校畢業後，減輕了學費的負擔。

◆ 천원에서 백원을 빼다. (O)
천원에서 백원을 덜다. (X)
從一千元當中，扣掉一百元。

22 〈덥다〉와 〈따뜻하다〉와 〈뜨겁다〉의 쓰는 법
〈熱〉與〈溫暖〉與〈燙〉的用法

덥다 : **熱**。表示超過舒適而冒汗程度的熱感。

따뜻하다 : **暖和，溫暖**。表示達到舒適的程度。
若〈따뜻하다〉指食物或某東西的溫度時，是表示溫度高而達舒適的狀態。

뜨겁다 : **燙**。表示溫度高呈現難以承受的狀態。

〈덥다〉與〈따뜻하다〉有熱和溫暖的意思，均可表現於形容天氣的氣溫。
而〈따뜻하다〉與〈뜨겁다〉亦有表示食物或東西溫度高的意思。

EX.

◆ 운동을 했더니 덥다. (O)
운동을 했더니 따뜻하다. (X)
運動過後變熱了。

◆ 봄 햇살이 기분 좋을 정도로 따뜻하다. (O)
봄 햇살이 기분 좋을 정도로 덥다. (X)
光讓心情變得溫暖起來。

◆ 국물이 뜨거워서 입안을 데었다. (O)
국물이 더워서 입안을 데었다. (X)
국물이 따뜻해서 입안을 데었다. (X)
因為湯太燙，燙到嘴巴了。

23 〈마침내〉、〈결국〉과 〈드디어〉의 쓰는 법
〈終於、最後〉與〈終於、總算〉的用法

마침내 : **終於，最後，結果**。用於表示事情如預期結束或發生時。

결국 : **終於，總算是**。用於表示期待的事情發生時。尤其是，如果是非預期的事情發生時，通常不用〈드디어〉。

EX. 마침내 일이 끝났다. (O)
事情終於結束了。

내가 드디어 취직을 하게 되었다. (O)
我終於上班了。

드디어 내일이 소풍 가는 날이다 . (O)
明天終於要去遠足了。

24
〈 떼 〉 와 〈 무리 〉 의 쓰는 법
〈群，幫，伙〉和〈群體〉的用法

> 떼 ： **群，幫，伙**。可用來表達較小動物群體，例如，벌들
> 의 떼 (蜜蜂群) 等

> 무리 ： **群體**。不能用來表達較小動物群。

〈 떼 〉 與 〈 무리 〉 均表示某一特定群體，但所表達的對象有些差異。

〈 떼 〉 與 〈 무리 〉 不能用於身分地位崇高或受尊敬對象之團體。

EX.　◆ 개미 떼 (O)
개미 무리 (X)
螞蟻群。

◆ 구경꾼 무리 (O)
看熱鬧的人們。
선생님 무리 (X)
老師們 (선생님들)

25
〈 떼다 〉 와 〈 뜯다 〉 의 쓰는 법
〈 摘下，取下，撕下，拆開 〉和〈 拆下，撕下，採下，打開，卸下 〉的用法

> 떼다 ： **摘下，取下，撕下**。用於原來的物體或被採摘下來的
> 物體未受重大損傷時。

> 뜯다 ： **拆下，撕下，採下，打開，卸下**。常用於原來的物體
> 或被取下來的物體受損的情形時。

EX.　간판을 떼다 .
摘下招牌。

민지는 편지를 받자마자 얼른 편지 봉투를 뜯었습니다 .
敏智一接到信，就快速地把信封撕開了。

26

〈 뚜껑 〉, 〈 덮개 〉, 〈 마개 〉 의 쓰는 법
〈 蓋子 〉, 〈 蓋子 〉, 〈 蓋子、塞子 〉 的用法

> 뚜껑 : **蓋子**。一般是指覆蓋在碗等凹狀容器口之覆蓋物,如,
> 碗蓋、鍋蓋等。

> 덮개 : **蓋子**。遮蓋物與內部裝置並不相干,如,汽車蓋。

> 마개 : **塞子**。通常指可以塞住容器口,使內外隔絕的東西,
> 如,瓶塞。

〈뚜껑〉、〈덮개〉、〈마개〉需與下列動詞併用。

EX.
냄비 뚜껑을 열다.
打開鍋蓋。

냄비 뚜껑을 닫다.
蓋住鍋蓋。

자동차 덮개를 덮다.
자동차 덮개를 걷다.
蓋上車蓋。

술병의 마개를 따다.
打開酒瓶塞。

술병의 마개를 막다.
塞住酒瓶塞。

27

〈 뚱뚱하다 〉 와 〈 통통하다 〉 의 쓰는 법
〈 肥胖,肥滋滋 〉 和 〈 胖嘟嘟,圓滾滾 〉 的用法

> 뚱뚱하다 : **肥胖,肥滋滋**。通常是形容不好看的肥胖。

> 통통하다 : **胖嘟嘟,圓滾滾**。一般是形容胖的可愛或好看。

EX.
몸이 뚱뚱하다.
身材肥胖。

아기 볼이 통통해요.
孩子的臉頰胖嘟嘟的。

28

〈뜰〉과〈마당〉,〈정원〉의 쓰는 법
〈庭院〉、〈院子〉與〈庭園〉的用法

〈뜰〉、〈마당〉與〈정원〉都是指家裡閒置的空間，然而意思又有些差異。

뜰 ── **庭院**。是指家裡種有花草、樹木但沒有活動空間的院子。

마당 ── **院子**。是指不一定有花草、樹木，具有平坦又可以遊戲或活動空間的院子。

정원 ── **庭園**。是指既有花草、樹木又有遊戲空間的庭院。

EX. 그 집 뜰에는 큰 나무들이 많습니다.
他家庭院裡有很多大樹。

우리 집 마당이 넓습니다.
我（們）家院子很寬廣。

우리 집 정원에 꽃이 많이 피었습니다.
我（們）家庭園的花盛開了。

29

〈감다〉와〈말다〉의 쓰는 법
〈纏、繞〉和〈捲起、裹〉的用法

감다 ── **纏，繞，圍**。是指將細長或薄狀物纏繞在某物上。

말다 ── **捲，裹**。是將有寬度的薄狀物捲成層層圓形狀。

EX. ◆ 목도리를 목에 감다.（O）
목도리를 목에 말다.（X）
把圍巾繞在脖子上。

◆ 실을 실패에 감다.（O）
실을 실패에 말다.（X）
把線纏繞在纏線板上。

◆ 종이를 감다.（O）
종이를 말다.（X）
把紙捲起來。

◆ 김밥을 말다 . (O)
　김밥을 감다 . (X)
　捲壽司。

30 〈 맞추다 〉 와 〈 맞히다 〉 의 쓰는 법
〈對答案〉和〈答對、命中答案〉 的用法

답을 맞추다 : **對答案**。是指一邊對題目一邊檢查答案是否正確。

답을 맞히다 : **命中答案**。是指答對問題的意思。

EX. 시험을 본 뒤에 답을 정답과 맞추어 보았더니 국어에서 두 개 틀렸다.
考完試後對答案時，發現國語答錯了兩題。

내가 이번 문제의 답을 맞혔어요 .
這次的題目我答對了。

31 〈 몇 〉 과 〈 얼마 〉 의 쓰는 법
〈幾〉和〈多少〉 的用法

몇 : **幾**。用於數目較小或不知數目的情形。如，人數（幾個人）、年齡（幾歲）、個數（幾個）等。

얼마 : **多少**。用於不需明顯表明的小數量或程度、價格等情形。如，價格（多少錢）、時間（多少時間）、距離（多少距離）、量（多少量）、程度（多少程度）等。

EX. 올해 나이가 몇이냐 ? (O)
올해 나이가 얼마냐 ? (X)
你今年幾歲 ?

이것 얼마예요 ? (O)
이것 몇이에요 ? (X)
這個是多少錢 ?

32 〈몹시〉와 〈아주〉의 쓰는 법
〈非常；很〉和〈非常；完全〉的用法

〔 몹시 〕和〔 아주 〕都是表示相當程度的意思，但是〈몹시〉常用於否定或負面的表現。

EX. 시험이 아주 어렵다. (O)
시험이 몹시 어렵다. (O)
測驗很難。

◆ 그는 아주 부지런한 사람입니다. (O)
그는 몹시 부지런한 사람입니다. (X)
他是很勤勉的人。

33 〈무덤〉과 〈묘〉의 쓰는 법
〈墳墓〉和〈陵墓〉的用法

〔 무덤 〕墳墓。是指埋葬人或動物的場所。

〔 묘 〕墓，陵墓。僅指埋葬人的場所。

EX. 경주에는 신라 때의 왕의 무덤이 많습니다.
慶州有很多新羅時期的皇陵。

할아버지 무덤 (O)
할아버지 묘 (O)
爺爺的墓。

◆ 강아지 무덤 (O)
강아지 묘 (X)
小狗的墳墓。

34

〈 묻다 〉 와 〈 여쭈다 〉, 〈 여쭙다 〉 의 쓰는 법
〈問，詢問〉，〈詢問，稟告〉和〈詢問，稟告〉 的用法

묻다 ： **問，詢問**。是指表示對他人的提問。

여쭈다 ： **詢問，稟告**。是指表示對他人的提問。但，〈여쭈다〉是用於晚輩詢問長輩時，或是用於晚輩對長輩表達自己意見時。

여쭙다 ： **詢問，稟告**。與〈여쭈다〉用法雷同。

EX. 　친구에게 약속 시간을 물었다.
　　我向朋友問了約會時間。

　　아버지께 언제 들어오실지 여쭤 보자.
　　去詢問看看父親何時進來。

　　사장님께 일을 빨리 끝내는 것이 좋겠다고 여쭈었습니다.
　　稟告老闆說：「最好是工作能快點結束。」

　　실례하지만, 말씀 좀 여쭙겠습니다.
　　很抱歉，請問一下。

35

〈 물고기 〉 와 〈 생선 〉 의 쓰는 법
〈魚〉和〈生鮮，魚〉的用法

물고기 ： **魚**。指的是還活著的魚，魚的通稱。

생선 ： **生鮮，魚**。是指店家銷售的魚，強調可當成食物的魚。

〈물고기〉和〈생선〉都是指在水中生活的動物，區別只是還活著的或是已被當成可以吃的食物。

EX. 　아이들이 냇가에서 물고기를 잡고 있습니다.
　　孩子們正在溪邊抓魚。

　　시장에서 생선 네 마리를 샀습니다.
　　我在市場買了四條魚。

36 〈밑〉과 〈아래〉, 〈바닥〉의 쓰는 법
〈底下〉、〈下面〉和〈底部,面〉的用法

> 밑　**底下**。是指某些物體往下的空間部份,比較靠近物體底部。
>
> 아래　**下面,下**。是指比某些物體更低的空間部份,或年紀、身分、地位、程度的低下表現。
>
> 바닥　**底部,面**。是指已經接觸某些物體的部份,如,地面、路面等。

EX.

◆ 지붕 밑 / 지붕 아래 (O)
屋頂底下
지붕 바닥 (X)
屋頂地下

◆ 다리 밑 / 다리 아래 (O)
橋底下
다리 바닥 (X)
橋地下

◆ 산 밑 / 산 아래 (O)
山底下
산 바닥 (X)
山地下

책상 아래에는 뭐가 있습니까?
書桌下有什麼東西?

식탁 밑에는 고양이가 있습니다.
餐桌底下有貓。(貓在餐桌底下。)

땅 바닥.
地面。

길 바닥.
路面。

37

〈밖〉 과 〈바깥〉 의 쓰는 법
〈外，之外〉和〈外面〉 的用法

밖 ⋯⋯ **外，之外**。全都可以表示具體得場所與抽象性的範圍。

바깥 ⋯⋯ **外面**。只能用於表示具體的場所，不能用於表示抽象性的意思。

〈밖〉和〈바깥〉都是〈안（內）〉的相反詞，表示外面或外部的具體場所的意思。

EX. 바깥은 캄캄했다.
外面黑漆漆的。

◆ 예상 밖의 일（O）
예상 바깥의 일（X）
出乎意料之外的事。

38

〈방금〉 과 〈금방〉 의 쓰는 법
〈剛才、剛剛〉和〈剛剛；立刻、馬上〉 的用法

〈방금〉和〈금방〉兩者雖都是指短暫時間，但在使用上有時候會有些差異。

방금（方今）⋯⋯ **剛才、剛剛**。是指比說話的時間稍微前一點的時刻，通常會用過去式表現法。

금방（今方）⋯⋯ **剛剛；立刻、馬上**。敘述比說話的時間稍微前一點的時刻或稍微後一點的時刻都可，皆可使用於所有時態。

EX. 방금 왔어요.（O）
금방 왔어요.（O）
剛才來過了

◆ 금방 갈게요.（O）
방금 갈게요.（X）
立刻（馬上）就去。

39 〈배다〉와 〈임신하다〉의 쓰는 법
〈懷胎〉和〈懷孕〉的用法

> 배다 ： **懷胎**。用於敘述人或動物時。

> 임신하다 ： **懷孕**。只能用於敘述人時。

EX. 그 여자가 임신 중이에요.
那女生懷孕了。

집사람이 아이를 배서 같이 여행갈 수 없게 됐어요.
因為內人懷孕，無法一起去旅行了。

강아지가 새끼를 밴 것 같아요.
小狗好像懷胎了。

40 〈번역〉과 〈통역〉의 쓰는 법
〈翻譯〉和〈通譯、口譯〉的用法

> 번역 ： **翻譯**。將文字寫下的內容轉寫成他國語言。

> 통역 ： **通譯、口譯**。把話轉說成他國語言。

EX. ◆ 서류 번역 (O)
서류 통역 (X)
文件翻譯

◆ 정상회담 통역 (O)
정상회담 번역 (X)
高峰會議口譯

41 〈빨다〉와 〈씻다〉의 쓰는 법
〈洗，吸，抽〉和〈洗，洗刷〉的用法

〈빨다〉和〈씻다〉全都是用水去除污垢和灰塵等的意思，但使用對象有些不同。

┄┄┄ 빨다 ┄┄┄ **洗，吸，抽**。用於清洗衣物。如洗衣服、洗被子等。

┄┄┄ 씻다 ┄┄┄ **洗，洗刷**。用於清洗除衣物以外的東西或身體部位。如洗手、洗杯子。

EX. ◆ 옷을 빨다. (O)
옷을 씻다. (X)
洗衣服。

◆ 컵을 씻다. (O)
컵을 빨다. (X)
洗杯子。

◆ 손을 씻다. (O)
손을 빨다. (X)
洗手。

42

〈 빨리 〉 와 〈 일찍 〉 의 쓰는 법
〈快速地〉和〈早一點、早些〉的用法

┄┄┄ 빨리 ┄┄┄ **快速地、快快地**。進行某些事情時，在短時間內完成。

┄┄┄ 일찍 ┄┄┄ **早一點，提早之意**。事情比預訂時間提前完成。

EX. 약속 시간보다 일찍 도착했다.
比約定時間提早到達。

약속 시간보다 빨리 도착했다.
比約定時間快點到達。

고속철도는 매우 빨리 달린다.
高速鐵路跑得很快。

43

〈 예쁘다 〉 와 〈 아름답다 〉 의 쓰는 법
〈漂亮〉和〈美麗，優雅，高尚〉的用法

┄┄┄ 예쁘다 ┄┄┄ **漂亮**。常用於表現單純的漂亮，亦可用於形容小孩長得漂亮、可愛等。

아름답다 | **美麗，優雅之意**。亦可用於表現回憶、犧牲等具有價值性的美。

EX.
◆ 아이가 정말 예쁘군요 . (O)
아이가 정말 아름답군요 . (X)
小孩真漂亮啊。

◆ 추억은 항상 아름답다 . (O)
추억은 항상 예쁘다 . (X)
回憶總是美好的。

◆ 그의 희생은 정말 아름다웠다 . (O)
그의 희생은 정말 예뻤다 . (X)
他的犧牲真的很高尚。

44 〈자르다〉과〈깎다〉의 쓰는 법
〈剪，裁〉和〈削，剪〉的用法

〈자르다〉和〈깎다〉都有剪的意思，但用法上又有些差異。

자르다 | **剪，裁**。通常是指將較長的東西剪短或裁短的意思。
깎다 | **削，剪**。常用於將原本不太長的東西削減或剪短的意思。

◆ 민지는 긴 머리를 잘랐다 . (O)
민지는 긴 머리를 깎았다 . (X)
敏智剪掉了長頭髮。

◆ 바지가 길어서 잘랐다 . (O)
바지가 길어서 깎았다 . (X)
褲子太長，所以裁剪了。

◆ 아버지가 수염을 깎았다 . (O)
아버지가 수염을 잘랐다 . (X)
爸爸剃了鬍子。

◆ 잔디를 깎다 . (O)
잔디를 자르다 . (X)
割草。

45 〈 한 번 〉 와 〈 한번 〉 의 쓰는 법
〈 一次 〉 和 〈 一下下 〉 的用法

〔 한 번 〕 ⟶ 一**次**。單純的一次或一回的意思。

〔 한번 〕 ⟶ 一**下下**。有試試看，試一下的意思。

EX. 난 그 사람을 전에 한 번 본 적이 있었다.
我之前看過那個人一次。

이번 한 번만 용서해 주세요.
這回就請原諒我一次吧。

이거 한번 먹어봐.
你吃一下這個看看。

시간이 날 때 한번 놀러 오세요.
您有空時，請來玩一下吧。

이번 한 번만
용서해 주세요.
這回就請原諒
我一次吧。

UNIT 4

不規則詞形變化

ㄷ

原形	中文字義	- 아 / 어 語幹變化	- 았 / 었 / 였다 過去式	
걷다	走，步行	걸어	걸었다	
깨닫다	明白；覺悟，醒悟	깨달아	깨달았다	
듣다	聽	들어	들었다	
묻다	問；追究	물어	물었다	
싣다	裝載	실어	실었다	
알아듣다	聽懂	알아들어	알아들었다	

ㄹ

原形	中文字義	- 아 / 어 語幹變化	- 았 / 었 / 였다 過去式	
거들다	幫助；參與，插手	거들어	거들었다	
거칠다	粗糙；粗魯；粗	거칠어	거칠었다	
걸다	掛；撥打 (電話)	걸어	걸었다	
굴다	討 (人厭)	굴어	굴었다	
가늘다	細	가늘어	가늘었다	
기울다	傾，傾斜	기울어	기울었다	
길다	長	길어	길었다	
깨물다	咬	깨물어	깨물었다	
날다	飛	날아	날았다	
낯설다	陌生，不熟悉	낯설어	낯설었다	
내밀다	向前推；推辭，拒絕	내밀어	내밀었다	

	- 는 / ㄴ 冠形形	-(으)니 說明形	- ㄹ 未來式	-(으) 면假設語氣
	걷는	걸으니	걸을	걸으면
	깨닫는	깨달으니	깨달을	깨달으면
	듣는	들으니	들을	들으면
	묻는	물으니	물을	물으면
	싣는	실으니	실을	실으면
	알아듣는	알아들으니	알아들을	알아들으면

	- 는 / ㄴ 冠形形	-(으)니 說明形	- ㄹ 未來式	-(으) 면假設語氣
	거드는	거드니	거들	거들면
	거친	거치니	거칠	거칠면
	거는	거니	걸을	걸면
	구는	구니	굴	굴면
	가는	가느니	가늘	가늘면
	기우는	기우니	기울	기울면
	긴	기니	길	길면
	깨무는	깨무니	깨물	깨물면
	나는	나니	날	날면
	낯선	낯서니	낯설	낯설면
	내미는	내미니	내밀	내밀면

原形	中文字義	- 아 / 어 語幹變化	- 았 / 었 / 였다 過去式	
늘다	增加	늘어	늘었다	
다물다	閉(嘴);沉默	다물어	다물었다	
달다(동)	掛(動詞)	달아	달았다	
달려들다	撲上去;全心投入	달려들어	달려들었다	
덜다	減少,減輕	덜어	덜었다	
돌다	繞;轉動,旋轉	돌아	돌았다	
둥글다	圓;(性格)圓滑,隨和	둥글어	둥글었다	
드나들다	進進出出;凹凸不平	드나들어	드나들었다	
드물다	稀少	드물어	드물었다	
들다	拿,提;進入;花費	들어	들었다	
떠들다	吵鬧	떠들어	떠들었다	
떨다	顫動;發抖	떨어	떨었다	
뛰어들다	跳進	뛰어들어	뛰어들었다	
만들다	製造,做	만들어	만들었다	
말다	捲;泡;停止	말아	말았다	
맞들다	兩人抬,協力	맞들어	맞들었다	
멀다	遠	멀어	멀었다	
몰다	趕;駕;騎	몰아	몰았다	
몰려들다	被趕進來;蜂擁而來	몰려들어	몰려들었다	
물다	叼;咬;叮	물어	물었다	

	-는/ㄴ 冠形形	-(으)니 說明形	-ㄹ 未來式	-(으) 면假設語氣
	는	느니	늘	늘면
	다무는	다무니	다물	다물면
	다는	다니	달	달면
	달려드는	달려드니	달려들	달려들면
	더는	더니	덜	덜면
	도는	도니	돌	돌면
	둥근	둥그니	둥글	둥글면
	드나드는	드나드니	드나들	드나들면
	드문	드무니	드물	드물면
	드는	드니	들	들면
	떠드는	떠드니	떠들	떠들면
	떠는	떠니	떨	떨면
	뛰어드는	뛰어드니	뛰어들	뛰어들면
	만드는	만드니	만들	만들면
	마는	마니	말	말면
	맞드는	맞드니	맞들	맞들면
	먼	머니	멀	멀면
	모는	모니	몰	몰면
	몰려드는	몰려드니	몰려들	몰려들면
	무는	무니	물	물면

原形	中文字義	- 아 / 어 語幹變化	- 았 / 었 / 였다 過去式	
밀다	推	밀어	밀었다	
받들다	擁戴；支持	받들어	받들었다	
벌다	賺；贏得	벌어	벌었다	
베풀다	擺設；舉辦；施予	베풀어	베풀었다	
병들다	生病	병들어	병들었다	
부풀다	腫，脹；充滿	부풀어	부풀었다	
불다	刮，吹 (風)	불어	불었다	
붙들다	抓住；留住	붙들어	붙들었다	
빌다	請求；乞討	빌어	빌었다	
빨다	吸；吮	빨아	빨았다	
살다	生活；居住	살아	살았다	
서툴다	生疏	서툴어	서툴었다	
시들다	凋謝，枯萎；萎靡	시들어	시들었다	
알다	理解；知道	알아	알았다	
얼다	結冰	얼어	얼었다	
열다	打開	열어	열었다	
울다	哭	울어	울었다	
이끌다	拉著；帶領；吸引	이끌어	이끌었다	
잠들다	睡着	잠들어	잠들었다	
저물다	日暮；歲末	저물어	저물었다	

	-는/ㄴ 冠形形	-(으)니 說明形	-ㄹ 未來式	-(으) 면假設語氣
	미는	미니	밀	밀면
	받드는	받드니	받들	받들면
	버는	버니	벌	벌면
	베푸는	베푸니	베풀	베풀면
	병든	병드니	병들	병들면
	부푼	부푸니	부풀	부풀면
	부는	부니	불	불면
	붙드는	붙드니	붙들	붙들면
	비는	비니	빌	빌면
	빠는	빠니	빨	빨면
	사는	사니	살	살면
	서툰	서투니	서툴	서툴면
	시든	시드니	시들	시들면
	아는	아니	알	알면
	어는	어니	얼	얼면
	여는	여니	열	열면
	우는	우니	울	울면
	이끄는	이끄니	이끌	이끌면
	잠드는	잠드니	잠들	잠들면
	저무는	저무니	저물	저물면

原形	中文字義	- 아 / 어 語幹變化	- 았 / 었 / 였다 過去式	
접어들다	接近；進入	접어들어	접어들었다	
졸다	打瞌睡	졸아	졸았다	
줄어들다	減少	줄어들어	줄어들었다	
털다	抖；拍打	털어	털었다	
틀다	扭；妨礙，搗亂	틀어	틀었다	
흔들다	搖擺	흔들어	흔들었다	

ㄹ

原形	中文字義	- 아 / 어 語幹變化	- 았 / 었 / 였다 過去式	
가르다	分，分割；剖，切	갈라	갈랐다	
거르다	過濾，濾	걸러	걸렀다	
거스르다	回溯；抗拒	거슬러	거슬렀다	
게으르다	懶	게을러	게을렀다	
고르다	挑選，選擇	골라	골랐다	
구르다	滾；跺 (腳)	굴러	굴렀다	
나르다	搬運	날라	날랐다	
누르다	按	눌러	눌렀다	
다르다	不同	달라	달랐다	
두르다	圍；繞	둘러	둘렀다	
들르다	順便繞 (進去) 一下	들러	들렀다	

-는/ㄴ 冠形形	-(으)니 說明形	-ㄹ 未來式	-(으) 면假設語氣
접어드는	접어드니	접어들	접어들면
조는	조니	졸	졸면
줄어드는	줄어드니	줄어들	줄어들면
터는	터니	털	털면
트는	트니	틀	틀면
흔드는	흔드니	흔들	흔들면

-는/ㄴ 冠形形	-(으)니 說明形	-ㄹ 未來式	-(으) 면假設語氣
가르는	가르니	가를	가르면
거르는	거르니	거를	거르면
거스르는	거스르니	거스를	거스르면
게으른	게으르니	게으를	게으르면
고르는	고르니	고를	고르면
구르는	구르니	구를	구르면
나르는	나르니	나를	나르면
누르는	누르니	누를	누르면
다른	다르니	다를	다르면
두르는	두르니	두를	두르면
들르는	들르니	들를	들르면

原形	中文字義	- 아 / 어 語幹變化	- 았 / 었 / 였다 過去式	
따르다	跟隨；依附	따라	따랐다	
떠오르다	升起；浮現	떠올라	떠올랐다	
마르다	乾；渴	말라	말랐다	
머무르다	停留	머물러	머물렀다	
모르다	不知道	몰라	몰랐다	
문지르다	摸；擦	문질러	문질렀다	
바르다	塗抹；直	발라	발랐다	
별다르다	特別，特殊	별달라	별달랐다	
부르다	叫，唱；飽	불러	불렀다	
빠르다	快；迅速	빨라	빨랐다	
서두르다	急忙，趕緊	서둘러	서둘렀다	
오르다	上；提高	올라	올랐다	
이르다	到達；告訴	일러	일렀다	
자르다	剪；切 (斷)	잘라	잘랐다	
저지르다	闖禍，犯錯	저질러	저질렀다	
조르다	糾纏；綑緊；催促	졸라	졸랐다	
지르다	刺 (鼻)；叫喊	질러	질렀다	
찌르다	刺；告密	찔러	찔렀다	
치르다	支付；應付；吃	치러	치렀다	
타이르다	勸解	타일러	타일렀다	

	-는 / ㄴ 冠形形	-(으)니 說明形	- ㄹ 未來式	-(으) 면假設語氣
	따르는	따르니	따를	따르면
	떠오르는	떠오르니	떠오를	떠오르면
	마른	마르니	마를	마르면
	머무르는	머무르니	머물	머무르면
	모르는	모르니	모를	모르면
	문지르는	문지르니	문지를	문지르면
	바르는	바르니	바를	바르면
	별다른	별다르니	별다를	별다르면
	부르는	부르니	부를	부르면
	빠른	빠르니	빠를	빠르면
	서두르는	서두르니	서두를	서두르면
	오르는	오르니	오를	오르면
	이르는	이르니	이를	이르면
	자르는	자르니	자를	자르면
	저지르는	저지르니	저지를	저지르면
	조르는	조르니	조를	조르면
	지르는	지르니	지를	지르면
	찌르는	찌르니	찌를	찌르면
	치르는	치르니	치를	치르면
	타이르는	타이르니	타이를	타이르면

原形	中文字義	- 아 / 어 語幹變化	- 았 / 었 / 였다 過去式	
푸르다	青(色)	푸르러	푸르렀다	
휘두르다	擺佈；揮舞	휘둘러	휘둘렀다	

原形	中文字義	- 아 / 어 語幹變化	- 았 / 었 / 였다 過去式	
고프다	餓	고파	고팠다	
기쁘다	高興	기뻐	기뻤다	
끄다	熄(火、燈)；關	꺼	껐다	
나쁘다	壞，不好	나빠	나빴다	
담그다	浸；泡	담가	담갔다	
들뜨다	鼓起；心浮；浮腫	들떠	들떴다	
뜨다	浮，漂；睜(眼)	떠	떴다	
모으다	收集；召集	모아	모았다	
바쁘다	忙碌；急	바빠	바빴다	
배고프다	肚子餓	배고파	배고팠다	
서글프다	悲傷，惆悵	서글퍼	서글펐다	
슬프다	悲傷	슬퍼	슬펐다	
쓰다(형)	苦(形容詞)	써	썼다	
쓰다(동)	用；寫；用(動詞)	써	썼다	
아프다	痛，疼痛	아파	아팠다	

	- 는/ㄴ 冠形形	-(으)니 說明形	- ㄹ 未來式	-(으)면 假設語氣
	푸른	푸르니	푸를	푸르면
	휘두르는	휘두르니	휘두를	휘두르면

	- 는/ㄴ 冠形形	-(으)니 說明形	- ㄹ 未來式	-(으)면 假設語氣
	고픈	고프니	고플	고프면
	기쁜	기쁘니	기쁠	기쁘면
	끄는	끄니	끌	끄면
	나쁜	나쁘니	나쁠	나쁘면
	담그는	담그니	담글	담그면
	들뜨는	들뜨니	들뜰	들뜨면
	뜨는	뜨니	뜰	뜨면
	모으는	모으니	모을	모으면
	바쁜	바쁘니	바쁠	바쁘면
	배고픈	배고프니	배고플	배고프면
	서글픈	서글프니	서글플	서글프면
	슬픈	슬프니	슬플	슬프면
	쓴	쓰니	쓸	쓰면
	쓰는	쓰니	쓸	쓰면
	아픈	아프니	아플	아프면

原形	中文字義	- 아 / 어 語幹變化	- 았 / 었 / 였다 過去式	
애쓰다	費心，盡力	애써	애썼다	
예쁘다	漂亮	예뻐	예뻤다	
잠그다	鎖	잠가	잠갔다	
크다	高；大	커	컸다	
힘쓰다	盡力	힘써	힘썼다	

ㅂ

原形	中文字義	- 아 / 어 語幹變化	- 았 / 었 / 였다 過去式	
가깝다	近	가까워	가까웠다	
가볍다	輕	가벼워	가벼웠다	
고맙다	謝謝	고마워	고마웠다	
곱다	漂亮；細	고와	고왔다	
괴롭다	痛苦；厭煩	괴로워	괴로웠다	
굽다	烤	구워	구웠다	
귀엽다	可愛	귀여워	귀여웠다	
그립다	懷念；思念	그리워	그리웠다	
날카롭다	尖銳，銳利；敏銳	날카로워	날카로웠다	
놀랍다	出乎意料，令人驚訝	놀라워	놀라웠다	
눕다	躺，臥	누워	누웠다	
더럽다	髒	더러워	더러웠다	

	- 는 / ㄴ 冠形形	-(으)니 說明形	- ㄹ 未來式	-(으) 면假設語氣
	애쓰는	애쓰니	애쓸	애쓰면
	예쁜	예쁘니	예쁠	예쁘면
	잠그는	잠그니	잠글	잠그면
	크는	크니	클	크면
	힘쓰는	힘쓰니	힘쓸	힘쓰면

	- 는 / ㄴ 冠形形	-(으)니 說明形	- ㄹ 未來式	-(으) 면假設語氣
	가까운	가까우니	가까울	가까우면
	가벼운	가벼우니	가벼울	가벼우면
	고마운	고마우니	고마울	고마우면
	고운	고우니	고울	고우면
	괴로운	괴로우니	괴로울	괴로우면
	구운	구우니	구울	구우면
	귀여운	귀여우니	귀여울	귀여우면
	그리운	그리우니	그리울	그리우면
	날카로운	날카로우니	날카로울	날카로우면
	놀라운	놀라우니	놀라울	놀라우면
	누운	누우니	누울	누우면
	더러운	더러우니	더러울	더러우면

原形	中文字義	- 아 / 어 語幹變化	- 았 / 었 / 였다 過去式	
덥다	(天氣)熱	더워	더웠다	
돕다	幫忙	도와	도왔다	
두껍다	厚	두꺼워	두꺼웠다	
두렵다	害怕，畏懼	두려워	두려웠다	
두텁다	深厚	두터워	두터웠다	
뜨겁다	燙；熱	뜨거워	뜨거웠다	
맵다	辣；毒辣；嚴寒	매워	매웠다	
무겁다	重，沉重；低沉	무거워	무거웠다	
무덥다	炎熱，悶熱	무더워	무더웠다	
무섭다	可怕	무서워	무서웠다	
미끄럽다	滑	미끄러워	미끄러웠다	
밉다	難看；討厭	미워	미웠다	
반갑다	高興；喜悅	반가워	반가웠다	
부끄럽다	害羞	부끄러워	부끄러웠다	
부드럽다	柔和；柔軟；細嫩	부드러워	부드러웠다	
부럽다	羨慕；眼紅	부러워	부러웠다	
사납다	兇惡；猙獰	사나워	사나웠다	
새롭다	新	새로워	새로웠다	
새삼스럽다	重新喚起；一再	새삼스러워	새삼스러웠다	
서럽다	委屈	서러워	서러웠다	

	-는/ㄴ 冠形形	-(으)니 說明形	-ㄹ 未來式	-(으) 면假設語氣
	더운	더우니	더울	더우면
	돕는	도우니	도울	도우면
	두꺼운	두꺼우니	두꺼울	두꺼우면
	두려운	두려우니	두려울	두려우면
	두터운	두터우니	두터울	두터우면
	뜨거운	뜨거우니	뜨거울	뜨거우면
	매운	매우니	매울	매우면
	무거운	무거우니	무거울	무거우면
	무더운	무더우니	무더울	무더우면
	무서운	무서우니	무서울	무서우면
	미끄러운	미끄러우니	미끄러울	미끄러우면
	미운	미우니	미울	미우면
	반가운	반가우니	반가울	반가우면
	부끄러운	부끄러우니	부끄러울	부끄러우면
	부드러운	부드러우니	부드러울	부드러우면
	부러운	부러우니	부러울	부러우면
	사나운	사나우니	사나울	사나우면
	새로운	새로우니	새로울	새로우면
	새삼스러운	새삼스러우니	새삼스러울	새삼스러우면
	서러운	서러우니	서러울	서러우면

原形	中文字義	- 아 / 어 語幹變化	- 았 / 었 / 였다 過去式	
손쉽다	容易；輕而易舉	손쉬워	손쉬웠다	
쉽다	容易	쉬워	쉬웠다	
시끄럽다	吵雜	시끄러워	시끄러웠다	
싱겁다	淡；無聊	싱거워	싱거웠다	
아깝다	可惜；珍貴	아까워	아까웠다	
아름답다	美麗，優美	아름다워	아름다웠다	
아리땁다	優美，可愛	아리따워	아리따웠다	
아쉽다	惋惜	아쉬워	아쉬웠다	
어둡다	黑暗	어두워	어두웠다	
어렵다	困難	어려워	어려웠다	
어지럽다	暈眩	어지러워	어지러웠다	
외롭다	孤獨	외로워	외로웠다	
우습다	滑稽；可笑	우스워	우스웠다	
이롭다	有利；有益	이로워	이로웠다	
자랑스럽다	自豪	자랑스러워	자랑스러웠다	
자연스럽다	自然	자연스러워	자연스러웠다	
자유롭다	自由	자유로워	자유로웠다	
정답다	親密；多情	정다워	정다웠다	
조심스럽다	小心；謹慎	조심스러워	조심스러웠다	
줍다	撿拾，撿	주워	주웠다	

	- 는 / ㄴ 冠形形	-(으)니 說明形	- ㄹ 未來式	-(으) 면假設語氣
	손쉬운	손쉬우니	손쉬울	손쉬우면
	쉬운	쉬우니	쉬울	쉬우면
	시끄러운	시끄러우니	시끄러울	시끄러우면
	싱거운	싱거우니	싱거울	싱거우면
	아까운	아까우니	아까울	아까우면
	아름다운	아름다우니	아름다울	아름다우면
	아리따운	아리따우니	아리따울	아리따우면
	아쉬운	아쉬우니	아쉬울	아쉬우면
	어두운	어두우니	어두울	어두우면
	어려운	어려우니	어려울	어려우면
	어지러운	어지러우니	어지러울	어지러우면
	외로운	외로우니	외로울	외로우면
	우스운	우스우니	우스울	우스우면
	이로운	이로우니	이로울	이로우면
	자랑스러운	자랑스러우니	자랑스러울	자랑스러우면
	자연스러운	자연스러우니	자연스러울	자연스러우면
	자유로운	자유로우니	자유로울	자유로우면
	정다운	정다우니	정다울	정다우면
	조심스러운	조심스러우니	조심스러울	조심스러우면
	줍는	주우니	주울	주우면

原形	中文字義	- 아 / 어 語幹變化	- 았 / 었 / 였다 過去式	
즐겁다	快樂，喜悅	즐거워	즐거웠다	
차갑다	涼；冷淡，冷漠	차가워	차가웠다	
춥다	冷	추워	추웠다	
평화롭다	和平	평화로워	평화로웠다	
풍요롭다	豐饒，富足	풍요로워	풍요로웠다	
해롭다	有害	해로워	해로웠다	
흥겹다	高興	흥겨워	흥겨웠다	

ㅅ

原形	中文字義	- 아 / 어 語幹變化	- 았 / 었 / 였다 過去式	
긋다	劃，劃分，劃清	그어	그었다	
낫다	(較)好；痊癒	나아	나았다	
붓다	浮腫；生氣	부어	부었다	
젓다	攪拌	저어	저었다	
짓다	做(飯)；寫作；蓋(房子)	지어	지었다	

	-는/ㄴ 冠形形	-(으)니 說明形	-ㄹ 未來式	-(으) 면假設語氣
	즐거운	즐거우니	즐거울	즐거우면
	차가운	차가우니	차가울	차가우면
	추운	추우니	추울	추우면
	평화로운	평화로우니	평화로울	평화로우면
	풍요로운	풍요로우니	풍요로울	풍요로우면
	해로운	해로우니	해로울	해로우면
	흥겨운	흥겨우니	흥겨울	흥겨우면

	-는/ㄴ 冠形形	-(으)니 說明形	-ㄹ 未來式	-(으) 면假設語氣
	긋는	그으니	그을	그으면
	나은	나으니	나을	나으면
	붓는	부으니	부울	부으면
	젓는	저으니	저을	저으면
	짓는	지으니	지을	지으면

原形	中文字義	- 아 / 어 語幹變化	- 았 / 었 / 였다 過去式	
그렇다	那樣；是的	그래	그랬다	
까맣다	黑	까매	까맸다	
노랗다	黃 (色)	노래	노랬다	
누렇다	金黃 (色)	누래	누랬다	
동그랗다	圓 (滾滾)	동그래	동그랬다	
빨갛다	深紅	빨개	빨갰다	
새까맣다	漆黑，烏黑	새까매	새까맸다	
어떻다	如何	어때	어땠다	
이렇다	這樣，如此	이래	이랬다	
저렇다	那樣	저래	저랬다	
조그맣다	一點點	조그매	조그맸다	
커다랗다	巨大	커다래	커다랬다	
파랗다	碧藍	파래	파랬다	
하얗다	雪白	하얘	하얬다	

	- 는 / ㄴ 冠形形	-(으) 니 說明形	- ㄹ 未來式	-(으) 면假設語氣
	그런	그러니	그럴	그러면
	까만	까마니	까말	까마면
	노란	노라니	노랄	노라면
	누런	누러니	누럴	누러면
	동그란	동그라니	동그랄	동그라면
	빨간	빨가니	빨갈	빨가면
	새까만	새까마니	새까말	새까마면
	어떤	어떠니	어떨	어떠면
	이런	이러니	이럴	이러면
	저런	저러니	저럴	저러면
	조그만	조그마니	조그말	조그마면
	커다란	커다라니	커다랄	커다라면
	파란	파라니	파랄	파라면
	하얀	하야니	하얄	하야면

UNIT 5

附　錄

韓國企業職稱
的介紹

企業職稱

韓 회사 (會社)
中 公司

韓 그룹 (group)
中 集團，財團

韓 회장 (會長)
中 會長，總裁，董事長

韓 이사장 (= 대표이사)
中 理事長＝董事長

韓 이사
中 理事＝董事

韓 사장
中 社長＝總經理

韓 이사회
中 理事會

韓 상무
中 常務

韓 전무 (專務)
中 相當於協理的地位

韓 지사장 (支社長)
中 分公司總經理

韓 지사 (支社)
中 分公司

韓 본사 (本社)
中 總行，總公司

韓 본부장
中 本部長 (總公司執行長)

韓 과장
中 科長，課長

韓 대리 (代理)
中 (資深) 專員

韓 실장
中 室長

韓 기획실
中 企劃室

韓 팀장
中 組長 ✿ 팀 team

韓 지배인 (支配人)
中 執行長

韓 대표 (代表) ✿ 或稱 대표이사
中 負責人 (= 理事長＝董事長)

韓 비서
中 秘書

韓 경리
中 經理 (但此為中國式的講法)

韓 교육부장관 (教育部長官)
中 教育部部長

韓 차관 (次官)
中 次長

韓 차관보 (次官補)
中 相當於部長的機要 (秘書)

韓 직책 (職責)
中 職稱

韓 직위 (職位)
中 職位

韓 일반직원 (一般職員)
中 一般員工

韓 신입사원 (新入社員)
中 新進員工

韓 작업원 (作業員)
中 作業員

韓 종업원 (從業員)
中 從業員

韓 담당 (擔當)
中 擔當

韓 담당자 (擔當者)
中 承辦人

韓 책임자 (責任者)
中 負責人，承辦人

韓 보조 (補助)
中 助理

韓 업무부 ✽唸音：[엄무부]
中 業務部

韓 부서 (部署)
中 部門

韓 부문 (部門)
中 部門

🔊 **職稱 + 님〈任〉(稱呼，表示尊敬。)**

韓 선생**님**
中 老師

韓 의사 선생**님**
中 醫師

韓 기사**님** (機士)
中 機師，司機，技士

韓 회장**님**
中 會長，總裁，董事長

韓 이사장**님**
中 理事長＝董事長

韓 이사**님**
中 理事＝董事

韓 사장**님**
中 社長＝總經理

韓 반장**님**
中 班長

數量名詞的用法

名詞	量詞	例 (1~5)
옷 (衣服) 종이 (紙)	벌 장 (張、件)	한 장 , 두 장 , 세 장 , 네 장 , 다섯 장 ※ 석 장 (三張), 넉 장 (四張)
담배 (香菸)	갑 (包) 보루 (條) 개비 (根)	한 갑 (보루 , 개비) 두 갑 (보루 , 개비) 세 갑 (보루 , 개비) 네 갑 (보루 , 개비) 다섯 갑 (보루 , 개비)
소 (牛), 말 (馬) 개 (狗), 닭 (雞) 고양이 (貓) 생선 (魚類)	마리 (匹、頭、隻、尾)	한 마리 , 두 마리 , 세 마리 , 네 마리 , 다섯 마리
책 (書) 잡지 (雜誌) 공책 (筆記本)	권 (卷、本、冊)	한 권 , 두 권 , 세 권 , 네 권 , 다섯 권
시 (詩) 영화 (電影) 소설 (小說)	편 (篇)	한 편 , 두 편 , 세 편 , 네 편 , 다섯 편
드라마 (戲劇)	회 (回、集) 부 (部)	일 회 (부), 이 회 (부), 삼 회 (부), 사 회 (부), 오 회 (부)
자동차 (汽車) 냉장고 (冰箱) 에어콘 (冷氣) TV(電視)	대 (輛、台)	한 대 , 두 대 , 세 대 , 네 대 , 다섯 대
차 (茶) 커피 (咖啡) 쥬스 (果汁)	잔 (杯)	한 잔 , 두 잔 , 세 잔 , 네 잔 , 다섯 잔

名詞	量詞	例 (1~5)
신발 (鞋子) 양말 (襪子)	켤레 (雙)	한 켤레 , 두 켤레 , 세 켤레 , 네 켤레 , 다섯 켤레
우표 (郵票) 티켓 (票)	장 , 매 , 개 (張、枚、個)	한 장 (매 , 개), 두 장 (매 , 개), 세 장 (매 , 개), 네 장 (매 , 개), 다섯 장 (매 , 개) ※ 석장 (三張), 넉 장 (四張)
배 (船)	척 (艘)	한 척 , 두 척 , 세 척 , 네 척 , 다섯 척
음료수 (飲料) 주류 (酒類)	병 , 캔 (瓶)	한 병 , 두 병 , 세 병 , 네 병 , 다섯 병
		한 캔 , 두 캔 , 세 캔 , 네 캔 , 다섯 캔
알약 (藥丸) 쌀 (米)	알 (顆、粒)	한 알 , 두 알 , 세 알 , 네 알 , 다섯 알
건물 (建築物) 집 (家)	채 (棟) 층 (層、樓)	한 채 , 두 채 , 세 채 , 네 채 , 다섯 채
		일 층 , 이 층 , 삼 층 , 사 층 , 오 층
연필 (鉛筆) 볼펜 (原子筆)	자루 (枝、支)	한 자루 , 두 자루 , 세 자루 , 네 자루 , 다섯 자루
음식 (食物)	인분 (人份)	일 인분 , 이 인분 , 삼 인분 , 사 인분 , 오 인분
고기 (肉) 떡 (糕餅)	덩어리 (塊)	한 덩어리 , 두 덩어리 , 세 덩어리 , 네 덩어리 , 다섯 덩어리
노래 (歌) 가곡 (歌曲)	곡 (曲、首)	한 곡 , 두 곡 , 세 곡 , 네 곡 , 다섯 곡

名詞	量詞	例 (1~5)
물통 (水桶) 쓰레기통 (垃圾桶)	통 (桶)	한 통 , 두 통 , 세 통 , 네 통 , 다섯 통
실 (絲、線) 머리카락 (頭髮)	올 (條、絲)	한 올 , 두 올 , 세 올 , 네 올 , 다섯 올
케익 (蛋糕) 빵 (麵包)	쪽 (片、塊、頁)	한 쪽 , 두 쪽 , 세 쪽 , 네 쪽 , 다섯 쪽
꽃 (花)	다발 (束) 송이 (朵)	한 다발 (송이), 두 다발 (송이), 세 다발 (송이), 네 다발 (송이), 다섯 다발 (송이)
달 (月)	개월 (個月)	일 개월 , 이 개월 , 삼 개월 , 사 개월 , 오 개월
	달 (個月)	한 달 , 두 달 , 세 달 (석 달), 네 달 (넉 달), 다섯 달
밥 (飯)	그릇 , 공기 (碗)	한 그릇 (공기), 두 그릇 (공기), 세 그릇 (공기), 네 그릇 (공기), 다섯 그릇 (공기)

漢字音數字

일	이	삼	사	오	육
一	二	三	四	五	六

칠	팔	구	십	백	천
七	八	九	十	百	千

만	십만	백만	천만	억	조
萬	十萬	百萬	千萬	億	兆

 純韓文數字

하나	둘	셋	넷	다섯	여섯
一	二	三	四	五	六

일곱	여덟	아홉	열	스물	서른
七	八	九	十	二十	三十

마흔	쉰	예순	일흔	여든	아흔
四十	五十	六十	七十	八十	九十

첫째	둘째	셋째	넷째	다섯째	여섯째
第一	第二	第三	第四	第五	第六

일곱째	여덟째	아홉째	열째	열한 번째	스무 번째
第七	第八	第九	第十	第十一	第二十

스물 한번째
第二十一

位置

위치 位置	**위** 上	**아래** 下	**밑** 下、底
앞 前	**뒤** 後	**옆** 旁	**오른쪽 (= 우측)** 右邊
우회전 右轉	**왼쪽 (= 좌측)** 左邊	**좌회전** 左轉	**안** 內、裡
속 內、裡	**밖** 外	**겉** 表面、外	**가운데** 中間

季節、月份

봄 春	**여름** 夏
가을 秋	**겨울** 冬

일월 一月	**이월** 二月	**삼월** 三月	**사월** 四月
오월 五月	**유월** 六月	**칠월** 七月	**팔월** 八月
구월 九月	**시월** 十月	**십일월** 十一月	**십이월** 十二月

星期

일요일 (日曜日) 星期日	월요일 (月曜日) 星期一	화요일 (火曜日) 星期二
수요일 (水曜日) 星期三	목요일 (木曜日) 星期四	금요일 (金曜日) 星期五
토요일 (土曜日) 星期六	그그저께 大前天	그저께 前天
어제 昨天	오늘 今天	내일 明天
모레 後天	글피 大後天	

季節性水果

봄 春 딸기 : 草莓 , **살구** : 杏

여름 夏 **수박** : 西瓜 , **포도** : 葡萄 , **복숭아** : 水蜜桃 , **자두복숭아** : 玫瑰桃 , **파인애플** (pineapple) : 鳳梨 , **바나나** (banana) : 香蕉 , **참외** : 香瓜 , **개구리 참외** : 青蛙形狀的香瓜

가을 秋 **배** : 梨 , **사과** : 蘋果 , **유자** : 柚子 , **감** : 柿子 , **단감** : 甜柿 , **연시 = 홍시** : 軟柿

겨울 冬 **귤** : 柑橘 , **배** : 梨 , **사과** : 蘋果

Memo

Memo

Memo

國家圖書館出版品預行編目資料

我的第一堂實用韓語課／游娟鐶著.
－－初版. －－臺北市：五南, 2016.08
　面；　公分
ISBN 978-957-11-8666-5（平裝）

1.韓語　2.讀本

803.28　　　　　　　　105010956

1XOL

我的第一堂實用韓語課

作　　者	—	游娟鐶
發 行 人	—	楊榮川
總 經 理	—	楊士清
副總編輯	—	黃文瓊
主　　編	—	朱曉蘋
配 音 員	—	李龍成　金恩榮
封面設計	—	劉好音

出 版 者 — 五南圖書出版股份有限公司

地　　址：106台北市大安區和平東路二段339號4樓

電　　話：(02)2705-5066　　傳　　真：(02)2706-6100

網　　址：http://www.wunan.com.tw

電子郵件：wunan@wunan.com.tw

劃撥帳號：01068953

戶　　名：五南圖書出版股份有限公司

法律顧問　林勝安律師事務所　林勝安律師

出版日期　2016年8月初版一刷
　　　　　2018年9月初版三刷

定　　價　新臺幣350元